Max Geitel

Die Geschichte der Dampfmaschine bis James Watt

Max   Geitel

Die Geschichte der Dampfmaschine bis James Watt

ISBN/EAN: 9783337358181

Hergestellt in Europa, USA, Kanada, Australien, Japan

Cover: Foto ©Andreas Hilbeck / pixelio.de

Weitere Bücher finden Sie auf **www.hansebooks.com**

Voigtländers Quellenbücher

Eine Sammlung wohlfeiler, wissenschaftlich genauer Ausgaben literarischer und bildlicher Quellen für jedermann. Zur Vertiefung jedes Studiums, zur Befriedigung des persönlichen Wissenstriebes und zur gediegenen Unterhaltung.

Die Sammlung wendet sich an jeden, der an die wahren Quellen unseres Wissens herantreten will, sei es in ernstem Studium, sei es zur belebenden Vertiefung seiner Kenntnisse, sei es aus Freude an gediegener und doch spannender Leseunterhaltung.

Die ausgewählten Quellen sind teils Neudrucke urkundlicher oder literarischer Quellenwerke, teils bildliche Urkunden mit begleitendem Text, teils quellenmäßige Darstellungen erster Hand. Sie bringen aus den verschiedensten Gebieten des Wissens für die Entwicklung das Wesentliche und Entscheidende.

Alle Bände der Sammlung werden von Fachmännern nach dem Stand der jüngsten Forschungen ausgewählt und bearbeitet. Sie sollen sowohl den Sachkenner befriedigen, als auch von jedermann, ohne besondere Vorkenntnisse, mit Verständnis und Genuß aufgenommen werden können.

Der Preis des Bändchens, **fest kartoniert**, beträgt in der Regel weniger als 1 Mark. In **Ganzleinen gebunden** kostet der **Band** 20 Pfennig, 2 (3) Bände in einem Bande 40 Pfennig mehr. Die ein Werk bildenden, **kartoniert getrennten** Bände werden in Ganzleinen **nur vereinigt gebunden** geliefert.

Voigtländers Quellenbücher

Bis April 1913 erschienen:

72 hell.
80 cts.
36 kop.

1 **Die ersten deutschen Eisenbahnen Nürnberg–Fürth und Leipzig–Dresden.** Herausgegeben von F r i e d r i c h S c h u l z e. 64 Seiten mit 19 Abbildungen

M. —.60

Friedrich Lists treibende Artikel und Aufrufe, Goethe und Friedrich Harkort über wirtschaftliche und militärische Bedeutung der Eisenbahnen, Gegner und Zweifler, Bauweise, Geldbeschaffung, Baugeschichte und Eröffnung. Wichtiges, zum Teil noch unveröffentlichtes Material, auch in den Abbildungen.

96 hell.
110 cts.
48 kop.

2 **Brandenburg-Preußen auf der Westküste von Afrika 1681 bis 1721.** Verfaßt vom G r o ß e n G e n e r a l s t a b ȩ Abteilung für Kriegsgeschichte. 98 S. mit 2 Kärtchen und einer Skizze.

M. —.80

Der Band ist der Wiederabdruck einer vom Großen Generalstab 1885 nach den Urkunden des Kgl. Geheimen Staatsarchivs in Berlin bearbeiteten Schrift. Sie enthält eingehend und anschaulich die Geschichte der Kolonie und Festung Groß-Friedrichsburg und des Kastells Arguin, der ersten deutschen Kolonien.

84 hell.
95 cts.
42 kop.

3 Cornelius Celsus über die Grundfragen der Medizin.
Herausgegeben von Dr. med. et jur. Th. Meyer-Steineg,
Professor an der Universität Jena. 82 Seiten

M. —.70

Im alten Rom gab es neben den zahlreichen Berufsärzten, den Heilsklaven,
auch zahlreiche gebildete Laien, in deren enzyklopädischem Gesamtwissen
die Medizin einen großen Raum einnahm. Zu diesen gehörte Cornelius
Celsus. Seine Schrift: „De medicina" gewährt einen deutlichen und
lebendigen Einblick in den Stand der Medizin um die Mitte des ersten
Jahrhunderts n. Chr. und bietet uns, namentlich in den beiden ersten hier
dargebotenen Büchern, eine der klarsten Quellen des Wissens zu den
Grundfragen der Heilkunde.

> 72 hell.
> 80 cts.
> 36 kop.

4 Ausgewählte Briefe des Feldmarschalls Leberecht von
Blücher. Herausgegeben von Friedrich Schulze 80
Seiten mit Bildnis

M. —.60

Das Bändchen bringt Briefe aus dem ganzen Leben des Marschalls, alle in
ihrer urwüchsigen Schreibweise, als wertvolle Urkunden zur Charakteristik
des großen Mannes und seiner Zeit. Die erste authentische Sammlung
dieser Art.

> 72 hell.
> 80 cts.
> 36 kop.

5 Die Kämpfe mit Hendrik Witboi 1894 und Witbois
Ende. Von Theodor Leutwein, Generalmajor und
Gouverneur a. D. 69 Seiten mit einem Bildnis und zwei
Karten.

M. —.60

Der Verfasser, damals Major, hat bekanntlich 1894 die Hottentotten unter dem alten Witboi in Südwestafrika in unendlich schwierigen Kämpfen bekriegt und zu einer Freundschaft gewonnen, die bis 1904 angehalten hat. Witboi ist der Heros des Hottentottenvolkes geworden. Das Werkchen ist ein von dem Verfasser bearbeiteter Auszug aus seinem großen Werke „Elf Jahre Gouverneur in Deutsch-Südwestafrika".

84 hell.
95 cts.
42 kop.

6 **Die Belagerung, Eroberung und Zerstörung der Stadt Magdeburg am 10./20. Mai 1631.** Von O t t o v o n G u e r i c k e. Nach der Ausgabe von F r i e d r i c h W i l h e l m H o f f m a n n neu herausgegeben von H o r s t K o h l. 83 Seiten. Mit einer Ansicht der Belagerung nach einem alten Stiche und einem Plan.

M. —.70

Otto von Guericke, der bekannte Erfinder der Luftpumpe, war während der Belagerung 1631 Ratmann und Bauherr, später Bürgermeister von Magdeburg. Seine Schilderung ist „der rechte, wahre Verlauf mit der Eroberung dieser guten Stadt Magdeburg, welchen sich niemand, da anders die Wahrheit soll berichtet werden, kann lassen zuwider sein".

84 hell.
95 cts.
42 kop.

7 **Die Straßenkämpfe in Berlin am 18. u. 19. März 1848.** Verfaßt von H u b e r t v o n M e y e r i n c k, Generalleutnant z. D. Neu herausgegeben von H o r s t K o h l. 91 Seiten mit 3 Plänen

M. —.70

Die klassische Schilderung der beiden denkwürdigen Tage. Zwei Fragen, die Gegenstand vielen und leidenschaftlichen Streites gewesen sind, werden endgültig entschieden: Wer die beiden Schüsse abgegeben hat, die das Signal zu dem Beginn des Kampfes waren, und wie der Befehl zum Abzug der Truppen zustandekam.

1 Kr. 56 hell.
1 fr. 75 cts.
78 kop.

8 Deutsche Hausmöbel bis zum Anfang des 19. Jahrhunderts. Herausg. von Dr. Otto Pelka, Direktorialassistent am Kunstgewerbe-Museum, Dozent an der Handels-Hochschule, Leipzig. 112 Seiten mit 139 Abbildungen

M. 1.30

In 139 Abbildungen wird eine Übersicht über die Entwickelung des deutschen Hausmöbels gegeben: Gotik, Renaissance, Rokoko, Barock, Biedermeierzeit usw. Es ist eines der Bändchen, in denen die Bilder die Quelle sind, durch den Text des Herausgebers erläutert und verbunden.

84 hell.
95 cts.
42 kop.

9 Deutschlands Einigungskriege 1864–1871 in Briefen und Berichten der führenden Männer. Herausgegeben von Horst Kohl Band 1: Der deutsch-dänische Krieg 1864. 82 Seiten

M. —.70

So viel auch über die deutschen Einigungskriege geschrieben und gedruckt ist, fehlt es doch gänzlich an einer ganz kurzen und doch das wesentliche erschöpfenden urkundlichen Geschichte. Welche Urkunden aber wären anschaulicher und lebendiger als die intimen Briefe und Berichte der führenden Männer, in diesem Bändchen von König Wilhelm, Bismarck, Moltke, König Johann von Sachsen usw.

1 Kr. 20 hell.
1 fr. 55 cts.
60 kop.

10 **Deutschlands Einigungskriege 1864–1871** in Briefen und Berichten der führenden Männer. Herausgegeben von H o r s t   K o h l Band 2: Der deutsche Krieg 1866. 144 Seiten

M. **1.**—

Wie im vorigen Band verbindet der Herausgeber durch ein knappe Einleitung die Urkunden zu einer Einheit. Die Briefe und Berichte sind von König Wilhelm, Bismarck (darunter das Kapitel „Nikolsburg" der Gedanken und Erinnerungen), Moltke (darunter der Aufsatz „Über den angeblichen Kriegsrat in den Kriegen König Wilhelms I."), Roon, dem Kronprinzen, dem Prinzen Friedrich Karl.

Dritter Teil siehe Nr. 16 und 51.

84 hell.
95 cts.
42 kop.

11 **Geographie des Erdkreises.** Von P o m p o n i u s M e l a. Aus dem Lateinischen übersetzt u. erläutert v. Dr. H a n s   P h i l i p p Assistent des Seminars für historische Geographie in Berlin. Erster Teil: Mittelmeerländer. 91 Seit. mit 1 Karte und 2 Abbild.

M. —.70

In Melas Geographie des Erdkreises (um 42 n. Chr.) lernen wir die gesamten Probleme der Erdkunde kennen, die damals bestanden (Nilfrage, Istergabelung, Wundervölker des Ostens, Zonentheorie usw.), wir erhalten auch eine Darstellung von einer antiken Karte.

Zweiter Teil s. Band 31.

1 Kr. 08 hell.
1 fr. 20 cts.
54 kop.

12 Robert Mayer über die Erhaltung der Kraft. Vier Abhandlungen, neu herausgegeben und mit einer Einleitung sowie Erläuterungen versehen von Dr. A l b e r t N e u b u r g e r. 128 Seiten

M. —.90

Der Arzt Robert Mayer in Heilbronn (1814–78) hat durch die Entdeckung des Gesetzes von der Erhaltung der Kraft die verschiedensten Zweige menschlicher Tätigkeit auf neue Grundlagen gestellt. Physik u. Physiologie, Medizin u. Botanik, gewerbl. u. technische Tätigkeit werden gleichmäßig durch die aus diesem Gesetz gezogenen Folgerungen beeinflußt. Die Veröffentlichungen des Entdeckers sind aber in weiteren Kreisen überhaupt nicht bekannt geworden. Darum werden die vier grundlegenden Abhandlungen, wenn auch zum Teil gekürzt, hier ihrer Verborgenheit entzogen.

☛ Fortsetzung am Schlusse des Buches. ☜

Umrechnung der Mark-Preise in die im österr.-ungar., schweizer. und deutsch-russ. Buchhandel üblichen Sätze am Rande. In England u. Kolonien 1 Mark = 1 Schilling mit ortsübl. Zuschlägen.

Voigtländers Quellenbücher

Band 49

Die Geschichte der Dampfmaschine bis James Watt

Die wichtigsten auf die Entwicklung der Dampfmaschine
bezüglichen Quellen, einschließlich der bis auf J a m e s
W a tt erteilten englischen Dampfmaschinen-Patente,
zusammengestellt und mit Erläuterungen versehen

von

Max Geitel

Geheimem Regierungsrat im Kaiserlichen Patentamt

Mit 32 Abbildungen nach den alten Originalen

R. Voigtländers Verlag in Leipzig

Buchdruckerei Richard Hahn (H. Otto) in Leipzig. 5169

Vorwort

Die Zahl der auf die Geschichte der Dampfmaschine sich beziehenden Forschungsarbeiten ist außerordentlich groß, entsprechend der hohen Bedeutung des Gegenstandes. Sämtliche Kulturvölker weisen in ihrer Literatur mehr oder weniger vollkommene einschlägige Werke auf.

So ist denn die Kenntnis der wesentlichen Abschnitte der Entwicklung der Dampfmaschine, die sich an die Namen Heron von Alexandrien, Salomon de Caus, Marquis of Worcester, Savery, Papin, Newcomen und Watt anknüpfen, nicht nur Gemeingut der Fachleute, sondern auch der gebildeten Laien. Nun liegt aber zwischen jenen gottbegnadeten Bahnbrechern eine lange Reihe von Namen, deren Träger ebenfalls ein gutes Recht haben, unter denen genannt zu werden, denen es beschieden war, an dem Ausbau des gewaltigsten Kulturträgers, wenn auch nicht bahnbrechend, so doch fördernd, mitzuarbeiten.

Der Anspruch, den „Erfinder der Dampfmaschine" zu den Ihrigen zählen zu dürfen, wird von verschiedenen Völkern, insbesondere von den Franzosen und Engländern, erhoben. Ein vergebliches Bemühen, wenn man sich vergegenwärtigt, wie viele Bausteine mühevoll zusammengefügt werden mußten, um die Grundlage zu schaffen, auf der James Watt zielbewußt weiterbauen konnte. Diese Grundlage ist das gemeinsame Ergebnis erfinderischer und wissenschaftlicher Tätigkeit vieler Geschlechter. Das Ein- und Auslaßventil, der im Zylinder auf und ab bewegliche Kolben, die Kurbel, das Sicherheitsventil, der Dampfkessel mit seinen Speise- und Feuerungsanlagen, sie und noch viele andere mehr oder weniger wichtige bauliche Einzelheiten mußten geschaffen werden, um die Dampfkraft sicher und vorteilhaft zu fesseln und auszunutzen.

Nicht minder aber bedurfte es der wissenschaftlichen Vertiefung der Kenntnis des Wesens des Druckes der Gase und der besonderen Eigenschaften des Wasserdampfes. So sind denn mit der Entwicklung der Dampfmaschine auf das engste die Namen Galileo Galilei, Torricelli, Otto von Guericke, van Helmont, Kratzenstein, Hamberger usw. verknüpft. Aus dem Gesagten erklärt sich denn auch zwanglos die Tatsache, daß die ersten Versuche der Ausnutzung der Dampfkraft sich im Rahmen des tastenden Versuches vollzogen und erst allmählich, entsprechend dem Fortschreiten der induktiven Wissenschaften, festen Boden gewannen.

Die Versuche, den einen oder den anderen Bahnbrecher als den „Erfinder der Dampfmaschine" hinzustellen, müssen auch schon um deswillen als verfehlt bezeichnet werden, weil eine allgemein befriedigende Umgrenzung des Begriffs „Maschine" trotz des Bemühens hervorragendster Fachleute bis auf den heutigen Tag noch nicht gefunden ist. So versteht Pogge in seinem im Jahre 1819 herausgegebenen technologischen Lexikon unter „Maschinen" alle diejenigen Vorrichtungen, wodurch wir vorteilhafte Bewegungen hervorzubringen imstande sind. Nach Reuleaux ist eine Maschine eine Verbindung von widerstandsfähigen Körpern, die so eingerichtet ist, daß mittels ihrer mechanische Naturkräfte genötigt werden können, unter bestimmten Bewegungen zu wirken. Brockhaus' Konversationslexikon versteht unter einer Maschine jede Vorrichtung, welche die Übertragung der Wirkung einer Kraft vermittelt.

Die Dampfmaschine nimmt nun unter allen Erzeugnissen des schaffenden Menschengeistes insofern eine besondere Stellung ein, als sie sich von der einfachsten Vorrichtung zu der sinnreichsten Maschine herausgebildet hat. Mustern wir all die zahlreichen Vorschläge, die im Laufe der Jahrhunderte für die Ausnutzung der Dampfkraft in Vorschlag gebracht wurden, so werden wir eine große Anzahl von Einrichtungen gewahr werden, bei denen wir nicht zu entscheiden wissen, ob wir sie als Vorrichtungen oder als Maschinen ansprechen sollen. Demnach ist in den nachstehenden geschichtlichen Angaben alles dasjenige wiedergegeben, was für die Benutzung der Dampfkraft zur Erzielung von Arbeitsleistung vorgeschlagen wurde, einerlei, ob im Einzelfalle der Name „Maschine" anwendbar ist oder nicht.

Der Zufall hat es gefügt, daß die um die Wende des 16. und 17. Jahrhunderts einsetzenden Fortschritte des Dampfmaschinenbaues zusammenfallen mit dem Beginn des englischen Patentschutzes. Wenngleich wir sehen werden, daß eine Anzahl bahnbrechender Dampfmaschinenkonstrukteure auf den Patentschutz verzichtete und daß die auf Dampfmaschinen erteilten ältesten Patente keinen Einblick in das eigentliche Wesen der betreffenden Konstruktionen gewähren, so bieten die vom Jahre 1617 ab zur Verfügung stehenden, im Jahre 1857 bei George Edward Eyre und William Spottiswoode in London neugedruckten Urkunden dennoch eine reiche Quelle des Wissenswerten. Dies gilt insbesondere für die von uns zu behandelnden, unmittelbar vor James Watt liegenden Jahrzehnte.

Nun befinden sich zwar unter den im Jahre 1871 veröffentlichten Auszügen aus den englischen auf Dampfmaschinen bezüglichen Patenten auch diejenigen aus den ersten Jahren des Patentschutzes[1].

Leider sind diese von verschiedenen Geschichtsforschern anstandslos benutzten Auszüge aber unvollkommen. Infolgedessen habe ich mich bereits im Jahre 1897 der Mühe unterzogen, sämtliche bis auf James Watt erteilten englischen Patenturkunden daraufhin zu prüfen, ob und inwieweit sie sich auf die Dampfmaschine beziehen. Das Ergebnis dieser Forschungen habe ich seinerzeit in „Glasers Annalen für Gewerbe und Bauwesen" veröffentlicht und in nachstehendem verwertet.

Wenngleich die Frage: „Wer ist der Erfinder der Dampfmaschine?" aus den von uns dargelegten Gründen füglich nicht zu beantworten ist, so ist doch in der Geschichte der Dampfmaschine eine bestimmte Wendung festzustellen, die sich im Sinne einer vernunftgemäßen und zielbewußten Ausnutzung der Dampfkraft an die Namen Papin und Savery knüpft. Nachstehend tritt diese in der Anordnung und Teilung unserer geschichtlichen Angaben in der Weise in die Erscheinung, daß wir diese in zwei große Abschnitte zerlegten, deren erster die ältesten Zeiten bis auf Papin, deren zweiter die Zeit von Papin bis James Watt umfaßt.

Unter allen Förderern der Maschine überwiegt in seinen Erfolgen James Watt. Die Darlegung dessen, was dieser geleistet hat, würde Bände füllen und hat tatsächlich Bände gefüllt. In den nachstehenden Angaben ist nur derjenigen Erfindungen Watts gedacht, die dessen Ruhm in erster Linie begründet haben: die Verbesserung der atmosphärischen Maschine, das Planeten- oder Sonnenrad, die Benutzung der Expansion des Dampfes, die doppeltwirkende Dampfmaschine, das Wattsche Parallelogramm. Dieses sind die großen Bausteine, die James Watt in das stolze Gebäude, das zahlreiche gottbegnadete Geister aufzuführen begonnen hatten, als Schlußsteine einfügte. Von dem 25. April 1769, dem Tage der Erteilung des ersten Wattschen Patents, schreibt sich die Dampfmaschine in dem Sinne her, wie das 19. Jahrhundert sie übernahm und zum machtvollsten Träger des Fortschritts machte.

Berlin - Wilmersdorf, April 1913.

Max Geitel.

Inhalt

18

Marquis of Worcester. — Patent Nr. 135, Ralph Waine — Patent Nr. 139, Togood. — „Ein Hundert voll Namen und Beispiele von Erfindungen" des Marquis of Worcester. — Boyle, Huygens. — Die Luftpumpe Papins. — Patent Nr. 175, Sir Samuel Morland — Die Pulvermaschine des Abbé Hautefeuille. — Patent Nr. 208, Burton, Plott, Deighton.

Von Dionysius Papin bis James Watt. S.
Der Papinsche Topf — Huygens Pulvermaschine. — Patent Nr. 212, Pawley und Dallow. — Patent Nr. 215, Becher, Serle, Vincent, J. und S. Weale. — Hautefeuilles Alkohol-Dampfmaschine. — Patent Nr. 218, Tredenham, Vivian, Threwren, Harris. — Patent Nr. 219, Aldersey. — Sir Samuel Morland. — Papins erste Dampfmaschine. — Patent Nr. 287, Gladwyn. — Patent Nr. 312, Marmaduke Hudgeson — Patent Nr. 321, Bushnell. — Patent Nr. 324, Losvelt. — Patent Nr. 327, Poyntz. — Patent Nr. 338, Barbon. — Patent Nr. 348, Jones. — Patent Nr. 349, Buttall. — Patent Nr. 355, Yarnald. — Patent Nr. 356, Savery. — Grimaldis und Perieras Antrieb eines Wagens und eines Schiffes durch Dampf. — Amontons Feuerrad. — Leupolds Feuerrad. — Papins Dampfpumpe. — Saverys Dampfmaschine. — Papins zweite Dampfmaschine. — Die Verbesserungsvorschläge Leibnizens. — Saverys „The Miners Friend". — Newcomens und Cawleys Dampfmaschine. — Leupolds Zweikolben-Dampfmaschine. — Patent Nr. 342, Mandell und Grey. — Patent Nr. 397, J. Coster. — Patent Nr. 410, Holland. — Patent Nr. 414, Shuttleworth. — Patent Nr. 437, Oriebar. —

Patent Nr. 430, Desaguliers, Niblett und Vreem. — Patent Nr. 449, Triewald. — Patent Nr. 463, Dickins. — Patent Nr. 469, Flower. — Patent Nr. 472, Bumpstead. — Patent Nr. 476, Nuttall und Skyrin. — „Die Vereinigung der Besitzer der Erfindung, Wasser durch Feuer zu heben." — Patent Nr. 486, Rowe. — Patent Nr. 496, Billingsley. — Patent Nr. 505, Payne. — Patent Nr. 507, Bewley und Holtham. — Patent Nr. 513, Allen. — Patent Nr. 555, Payne. — Patent Nr. 556, Jonathan Hull — Patent Nr. 571, Wise. — Parrots Vernietung der Dampfkesselnähte. — Patent Nr. 634, Stevens und Hadley. — Patent Nr. 703, John. — Patent Nr. 709, Wright. — Patent Nr. 713, Wilkinson. Patent Nr. 730, Brindley. — Patent Nr. 739, Wood. — Patent Nr. 761, Greenall. — Patent Nr. 762, Menzies. — Hindleys Ersatz des Balanciers. — Patent Nr. 795, Oxley. — Patent Nr. 844, Fall. — Patent Nr. 848, Blakey. — Patent Nr. 850, Stewart. — Patent Nr. 865, Barber. — Patent Nr. 875, Duncombe und Polile. — Patent Nr. 895, Hateley. — Patent Nr. 897, Wise. — Dampfwagen von Edgeworth und Cugnot. — Die Erforschung des Wesens des Wasserdampfes durch van Helmont, Halley, Wolf, Kratzenstein, Hamberger, le Roy, Ericson, Black, James Watt. — Watts Verbesserungen der Newcomen-Maschine. — James Watts Patent Nr. 913. — Das Planetenrad. — Watts doppelt wirkende Maschine. — Das Wattsche Parallelogramm.

Von den ältesten Zeiten bis Dionysius Papin.

Den ersten Anfängen der Kenntnis der Spannkraft des Wasserdampfes begegnen wir bei A r i s t o t e l e s, geb. 384, gest. 322 v. Chr. Er suchte die Erdbeben durch die plötzliche Umwandlung des Wassers in Dampf im Erdinnern zu erklären, eine Auffassung, die später durch S e n e c a (geb. 4 v. Chr., gest. 65 n. Chr.) eine weitere Ausbildung erfuhr. Aristoteles nahm vier Elemente an: Erde, Wasser, Luft, Feuer. Daß nur diese vier Elemente möglich seien, bewies er auf folgende Weise[2]:

„Es gibt vier Grundempfindungen: warm, kalt, feucht und trocken. Diese Empfindungen werden paarweise vereint wahrgenommen. Mathematisch betrachtet können sich sechs solcher Vereinigungen bilden. Doch sind zwei als sich widersprechend unmöglich, nämlich die Vereinigung warm und kalt und die Vereinigung von feucht und trocken. Es bleiben folglich vier Gegensätze bestehen, und dementsprechend sind nur vier Elemente möglich. Dem Gegensatz kalt und trocken entspricht die Erde, dem Gegensatz kalt und feucht das Wasser, warm und feucht die Luft, warm und trocken das Feuer. Durch die Mischung dieser vier Elemente entstehen sämtliche irdische Stoffe."

Diese Auffassung hat sich viele Jahrhunderte hindurch aufrechterhalten, und zwar insbesondere auch bei den Bahnbrechern der Dampfmaschine, so z. B., wie wir später sehen werden, bei Salomon de Caus.

Von einer praktischen Verwendung der Spannkraft der Gase durch Aristoteles verlautet nichts. Dieser begegnen wir erst bei A r c h i m e d e s, geb. 287, gest. 212 v. Chr., in

Gestalt des „Architonitro", einer Dampfkanone. Dieselbe ist in den Schriften des Archimedes nicht enthalten. Ihre nachstehend wiedergegebene Beschreibung stammt vielmehr von L e o n a r d o d a V i n c i (geb. 1452, gest. 1519) und lautet[3]:

„Erfindung des Archimedes. Architonitro ist eine Maschine von dünnem Kupfer und wirft Kugeln von Eisen mit großem Geräusch und großer Gewalt. Man gebraucht sie in folgender Weise: Der dritte Teil des Instruments befindet sich oberhalb einer großen Menge Kohlenfeuer, und wenn er durch dieses gut erhitzt ist, schraube die Schraube nieder, die sich über dem Wassergefäß (a c), Abb. 1, befindet. Wenn man die Schraube darüber niederschraubt, öffnet es sich nach unten, und nachdem das Wasser herabgeflossen ist, fließt es in den erhitzten Teil des Instruments und verwandelt sich plötzlich in eine Menge Dampf (Fumo), so daß es ein Wunder zu sein scheint, und namentlich die Wut zu sehen und den Lärm zu hören. Dies warf eine Kugel, die ein Talent wog, sechs Stadien weit."

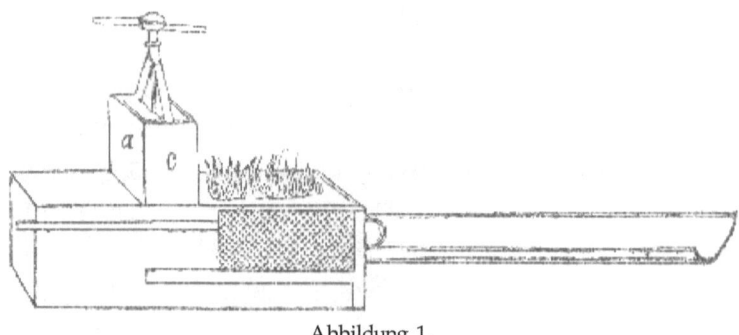

Abbildung 1.

Der Architonitro (Dampfkanone) des Archimedes. Nach Leonardo da Vinci.

Die Erfindung der Ausnutzung der in der gepreßten Luft enthaltenen Kräfte wurde dem K t e s i b i o s (um 150 n. Chr.) zugeschrieben. Ihm sollen auch die Windbüchse und die in Abb. 2 dargestellte Vorrichtung zum Schleudern von Steingeschossen, der Erzspanner, ihre Entstehung verdanken[4]. Letzterer hatte nach Philon von Byzanz, einem Schüler des Ktesibios, folgende Einrichtung: In den Zylindern a b c d können sich die Kolben f g h i luftdicht auf- und abwärts bewegen. Werden sie in die Zylinder hineinbewegt, so pressen sie die in diesen eingeschlossene Luft zusammen. An den Kolben sind mittels der Verbindungsstücke k m Arme angelenkt, die um die Achsen n drehbar und an ihrem oberen Ende durch die Sehne verbunden sind, die zum Fortschleudern der Geschosse dient. Wurde diese Sehne angezogen, so schoben sich die Kolben in die Zylinder hinein. Wurde alsdann die Sehne losgelassen, so schnellten die Kolben unter dem Einfluß der gepreßten Luft nach oben und trieben die Sehne mit großer Gewalt gegen das Geschoß, so daß dieses in weitem Bogen dahinflog.

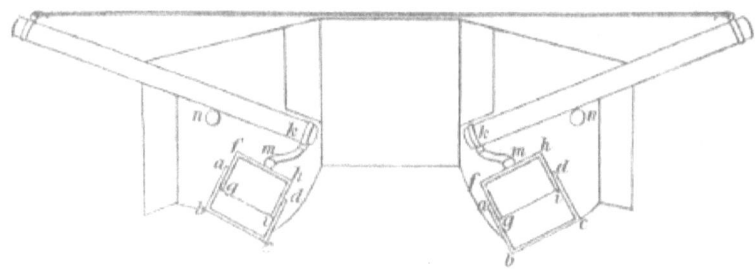

Abbildung 2.

Der Erzspanner des Ktesibios.

Um die Kolben in den Zylindern gehörig abzudichten, benutzte Ktesibios Tischlerleim, der etwas verflüssigt war. Um die Dichtigkeit zu prüfen, benetzte er die Zylinder mit derartigem Leim und trieb mittels Keil und Hammer die Kolben mit größter Gewalt in die Zylinder hinein. Man konnte hierbei beobachten, daß der Kolben nur wenig nachgab, wenn aber einmal die eingeschlossene Luft sich verdichtet hatte, auch beim stärksten auf den Keil ausgeübten Schlag nicht weiter hineinging. Wenn man Gewalt anwandte, so wurde nicht nur der Keil hinausgetrieben, sondern auch der Kolben sprang mit großer Gewalt aus dem Gefäße heraus; oft fuhr auch Feuer heraus, das durch die Schnelligkeit der Bewegung und durch die Reibung erzeugt wurde. Ktesibios hat hier also bereits dasjenige Phänomen beobachtet, das sich bei den sogenannten Luftdruckfeuerzeugen zeigt.

Ktesibios hat auch schon ein Druckwerk verfertigt, das aus zwei metallenen Stiefeln bestand, die am Boden mit Ventilen ausgestattet waren. Saugpumpen und Handspritzen waren zu Philons Zeiten bereits bekannt und standen schon zu Aristoteles' Zeiten in Gebrauch.

Neben den Schriften Philons von Byzanz sind diejenigen H e r o n s   v o n   A l e x a n d r i e n   von besonderer Bedeutung, wenn es sich darum handelt, das Maß derjenigen Kenntnisse festzustellen, über die das Altertum bezüglich des Wesens der Gase und Dämpfe verfügte.

Philon und Heron waren Schüler des Ktesibios. Letzterer gilt infolge seiner umfangreichen auf uns gekommenen Schriften als Erfinder zahlreicher praktischer Anwendungen des Druckes von Gasen, so z. B. als Erfinder des Heronsballs. Dieser findet sich aber bereits in den Schriften des Philon, müßte also füglich nicht Herons-, sondern Philonsball heißen, falls nicht der Ruhm der Erfindung einem unbekannten Vorgänger zuzuschreiben ist.

Daß Heron zahlreiche Vorgänger auf dem Gebiete der Erforschung der Eigenschaften der Luft und der gespannten Dämpfe besaß, gibt er übrigens selbst zu, indem er in der Vorrede zu seiner „Pneumatik" ausführt: „Die Beschäftigung mit Luft- und Wasserkünsten ist von den alten Philosophen und Mathematikern hoch geschätzt worden. Es ist daher notwendig, das seit alters darüber Bekannte in gehörige Ordnung zu bringen".

Bevor wir uns den Schriften Herons zuwenden, müssen wir noch von Philon von Byzanz berichten, daß er der Erfinder des Thermoskops ist, das auf der durch die Wärme bewirkten Ausdehnung der Luft beruht.

Die auf uns überkommenen Werke Herons von Alexandrien sind verhältnismäßig außerordentlich zahlreich und vielseitig. Sie behandeln reine und angewandte Mathematik, Feldmeßkunst, Physik und deren praktische Anwendung in der Technik. Letztere Schriften sind für den Techniker von Interesse. Es sind dies: die Druckwerke (Pneumatik), die Automatentheater, der Geschützbau, die Handschleuder, die Spiegellehre, die Hebewinde, die Mechanik und ein Fragment über Wasseruhren. Von diesen Werken kommen für die Geschichte der Dampfmaschine die Druckwerke und die Automatentheater in Betracht.

Hier finden wir Abhandlungen über das Vakuum, und zwar in Anlehnung an den im dritten Jahrhundert vor Christo lebenden Physiker Straton von Lampsakos Außerordentlich vielseitig sind die verschiedenen Beschreibungen der Verwendung des Hebers. Des weiteren beschreibt Heron eine große Anzahl von Vorrichtungen, bei denen der Druck des Wassers, der Druck der Luft, die Warmluft und der Wasserdampf praktisch benutzt wird. Aus der reichen Fülle der von Heron beschriebenen Vorrichtungen lassen wir nachstehend diejenigen folgen, die für uns an erster Stelle von Bedeutung sind. Die beigefügten Abbildungen entnahmen wir der im Jahre 1592 erschienenen italienischen Übersetzung der „Druckwerke":
Spiritali di Herone Alessandrino, ridotti in lingua volgare da Alessandro

Giorgi da Urbino. Urbino 1592. Den Text entnahmen wir der in der Teubnerschen Sammlung griechischer und römischer Schriftsteller erschienenen Übersetzung von W i l h e l m S c h m i d t.

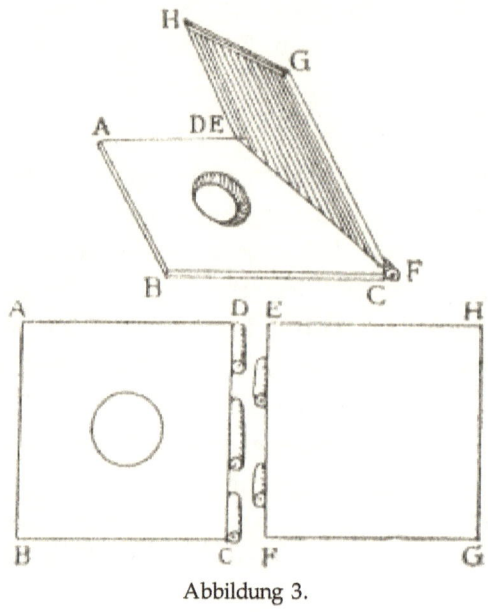

Abbildung 3.

Das Klappenventil.

(Nach Heron von Alexandrien.)

„Das K l a p p e n v e n t i l (Abbildung 3) stellt man folgendermaßen her. Man fertigt zwei viereckige Bronzeplatten an, von denen jede Seite etwa einen Daktylus (Fingerbreit = 2 cm) mißt und so dick wie ein Richtscheit ist. Diese verpaßt und verschließt man auf der Breitseite so miteinander, d. h. glättet sie so, daß weder Luft noch Wasser hindurchtreten kann. Diese Platten seien A B C D und E F G H. In die Mitte der einen Platte A B C D bohrt man ein rundes Loch, dessen Durchmesser etwa ein Drittel eines Daktylus ausmacht. Ist nun die Seite C D der Seite E F angepaßt, so verbindet man die Platten mit Hilfe von Scharnieren so miteinander, daß ihre polierten Flächen genau aufeinanderpassen. Will man die Klappen nun praktisch verwenden, so lötet man die Platte A B C D auf dasjenige Loch, durch welches Luft oder Wasser hineingepreßt und mit Hilfe des Ventils abgeschlossen werden kann. Durch den Druck wird nämlich die Platte E F G H geöffnet, die mittels der Scharniere leicht beweglich ist, und läßt die Luft und die Flüssigkeit eintreten, welche dann in dem luftdichten Gefäße abgeschlossen werden. Die (komprimierte) Luft (bzw. die Flüssigkeit) drückt aber gegen das Plättchen E F G H und schließt das Loch ab, durch welches die Luft hineingepreßt wird." Nach einer anderen Lesart lautet der Schlußsatz: „Wenn nun die komprimierte innere Luft oder die Flüssigkeit sich wieder nach außen drängen, stoßen sie auf die Platte E F G H. Dann legt sich diese luftdicht auf A B C D und versperrt den Ausgang."

„Die Siphone, welche man bei den Feuersbrünsten verwendet, richtet man folgendermaßen ein. (Abbildung 4.)

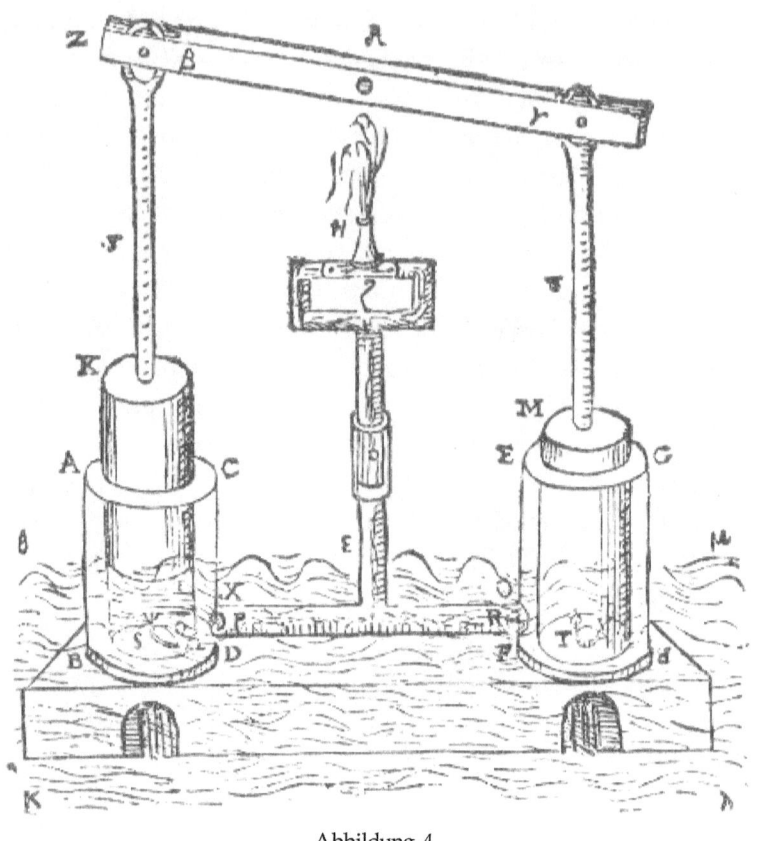

Abbildung 4.

Die Feuerspritze. (Nach Heron von Alexandrien.)

Es seien ABCD und EFGH zwei bronzene Stiefel
(Kolbenrohre, Büchsen), deren innere Oberfläche für einen
Kolben passend ausgedrechselt ist, wie die Stiefel (Büchsen)
der Wasserorgeln. Die Kolben K und M müssen luftdicht in
die Stiefel passen. Diese seien durch das an beiden Enden
offene Rohr X in gegenseitige Verbindung gesetzt. Außerhalb
der Stiefel, aber innerhalb des Rohres, sollen Klappenventile
PR und, wie wir sie oben beschrieben haben[5], derart
angebracht sein, daß sie sich nach der Außenseite der Stiefel
hin öffnen können. Die Stiefel sollen auch auf dem Boden

29

runde Löcher (s T) haben, die mit kleinen geschliffenen Scheiben bedeckt werden. Durch diese stecke man kleine Stifte, die auf den Boden der Stiefel gelötet oder festgenietet seien. An ihren Enden seien die Stifte mit Häkchen oder Knöpfchen versehen, daß die Scheiben sich nicht losreißen können. Mit den Kolben seien in der Mitte senkrechte Kolbenstangen y y verbunden; an diese schließt sich wieder ein Querbalken z an, welcher sich in der Mitte um einen festsitzenden Bolzen λ, an den Kolbenstangen y y aber um die Bolzen γ und β bewege. Mit dem Rohre x stehe ein anderes vertikales Rohr (Steigrohr) ε in Verbindung, verzweige sich zu einem Doppelarm und sei mit den luftdicht eingefügten Röhren (Smerismata, Rohrverschleifungen) versehen, vermittels welcher es die Flüssigkeit emportreibt. Wenn nun die erwähnten Stiefel mitsamt der zugehörigen Ausrüstung in Wasser gestellt werden und der Querbalken z infolge der abwechselnden Auf- und Abwärtsbewegung seiner Enden um den Stift λ auf und nieder zieht, so treiben die Kolben, falls sie niedergezogen werden, die Flüssigkeit durch das Steigrohr ε und die drehbare Mündung N hinaus. Denn, wird der Kolben M aufgezogen, so öffnet er das Bodenventil T, indem dessen Scheibe sich hebt, verschließt aber das Klappenventil R. Wird er dagegen niedergezogen, so schließt er T und öffnet R, durch welches auch das Wasser hinausgepreßt und emporgetrieben wird. Dieselbe Wirkung bringt der Kolben K hervor. Das Röhrchen N, das bald aufgerichtet, bald niedergelegt wird, treibt nun die Flüssigkeit bis zur gegebenen Höhe empor, vermag jedoch eine bestimmte Seitendrehung nur dann auszuführen, wenn zugleich der gesamte Apparat gedreht wird. Das wäre aber bei dringenden Notfällen zu langwierig und mühselig. Damit nun die Flüssigkeit ohne Schwierigkeit nach dem bestimmten Punkt getrieben werden kann, setze man das Steigrohr ε der Länge nach aus zwei luftdicht

ineinandergeschliffenen Rohren zusammen, von denen das
eine, äußere, mit dem Rohre x, das andere, obere, mit dem
Doppelarm verbunden sei. Wenn dann das obere Rohr
gedreht wird, indem man N so lange niederlegt, kann der
Austrieb nach jedem beliebigen Punkt hin erfolgen." —
Diese Feuerspritze hat sich bis auf den heutigen Tag in ihrer
prinzipiellen Einrichtung erhalten.

Am bekanntesten ist unter den Apparaten des Heron
der von uns bereits erwähnte sogenannte Heronsball.
Dieser wird in den „Druckwerken" wie folgt beschrieben:

Der Heronsball.

„Manche Gefäße spritzen, wenn man
hineinbläst, auf folgende Weise Wasser
empor:

Durch die Mündung eines Gefäßes wird eine Röhre
hindurchgesteckt, die fast bis auf den Boden reiche, in die
Gefäßmündung eingelötet sei und selbst in eine enge
Mündung auslaufe. Halten wir nun letztere mit dem Finger
zu, gießen durch eine Öffnung eine Flüssigkeit, blasen nach
dem Eingießen durch dieselbe Öffnung hinein, verschließen
sie durch einen Hahn und lassen die Mündung der Röhre
los, so wird durch sie das Wasser von der eingeblasenen,
komprimierten Luft emporgetrieben."

Als Beispiel der durch erwärmte Luft angetriebenen,
von Heron beschriebenen Apparate bringen wir in Abb. 5
den „Opfertanz".

Der Opfertanz.

„Wird auf einem gewissen Altar Feuer
angezündet, so sollen scheinbar einige
rings im Kreise stehende Figuren einen
Reigen aufführen. Es sei ABCD ein Altar mit einem

Feuerbecken E F. Von dem oberen Teile des Feuerbeckens lasse man eine Röhre G H nach der Basis des Altars hinab. Das bei H befindliche Ende drehe sich um einen Zapfen. Diese Röhre sei ferner mit vier anderen querliegenden (also horizontalen) Röhren versehen, die sich gegenseitig durchschneiden und an demselben Punkt mit der von der Spitze kommenden Röhre verbunden werden. Diese querliegenden Röhren nun sollen an den Enden so umgebogen sein, daß sich eine Röhre nach der anderen wendet. Auf diese Röhren lege man an ihren Enden eine kreisrunde Scheibe I K L M und befestige sie daran. Darauf sollen die Figuren stehen. Das Material des Altars schließlich sei durchsichtig, nämlich aus Glas oder Horn, auf daß die tanzenden Figuren durch dasselbe sichtbar sind. Wenn wir bei diesen Vorrichtungen auf dem Herde Feuer anzünden, wird die Luft in der Röhre G H erwärmt, geht durch die verdeckten Röhren und bringt die senkrechte Röhre zur Drehung, zugleich auch die Scheibe, auf der die Figuren stehen, und diese werden zu tanzen scheinen."

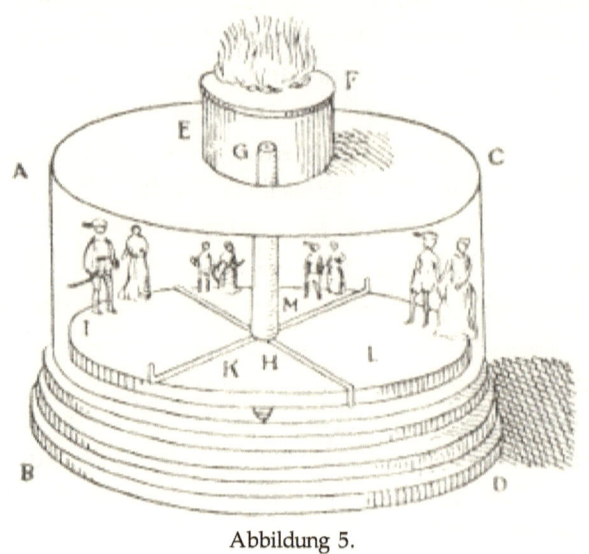

Abbildung 5.

„Der Opfertanz." (Nach Heron von Alexandrien.)

Nunmehr bringen wir in Abb. 6 einen durch Dampfkraft betätigten Apparat: den springenden Ball

Der springende Ball.

„Bälle können auf folgende Weise in der Luft schweben:

Unter einem Kessel mit Wasser, dessen Mündung verschlossen ist, wird Feuer angezündet. Von dem Deckel steigt eine Röhre auf, deren offenes Ende in eine kleine hohle Halbkugel mündet. Werfen wir nun einen leichten Ball in die Halbkugel, so ist die Folge, daß der aus dem Kessel durch die Röhre aufsteigende Dampf den Ball in die Luft hebt, so daß er schwebt."

Abbildung 6.

Der springende Ball. (Nach Heron von Alexandrien.)

Die folgende in Abb. 7 dargestellte Vorrichtung nutzt die Dampfkraft bereits zur Erzielung einer Drehbewegung aus Sie beruht auf ähnlichen Grundlagen wie die sogenannten „Reaktionsturbinen", die, mit Wasser oder mit Dampf betrieben, in der heutigen Technik eine große Bedeutung haben. Es ist dies der Äolsball (Äolipile) Abb. 7.

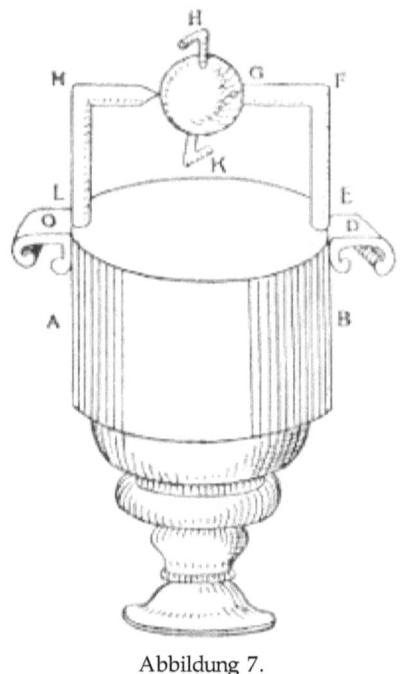

Abbildung 7.

Der Äolsball, Äolipile. (Nach Heron von Alexandrien.)

Die Äolipile.

„Über einem geheizten Kessel soll eine Kugel sich um einen Zapfen bewegen.

Es sei A B ein mit Wasser gefüllter geheizter Kessel. Seine Mündung sei mit dem Deckel C D verschlossen; durch diesen sei eine gebogene Röhre E F G getrieben, deren Ende G luftdicht in eine Hohlkugel eingepaßt sei. Dem Ende G liege ein auf dem Deckel C D feststehender Zapfen L M diametral gegenüber. Die Kugel sei mit zwei gebogenen, einander diametral gegenüberstehenden Röhrchen H und K versehen, die in sie münden und nach entgegengesetzten Richtungen gebogen sind. Wird nun der Kessel geheizt, so ist die Folge, daß der Dampf durch E F G in die Kugel dringt, durch die umgebogenen Röhren nach dem Deckel hin ausströmt und die Kugel in Drehung versetzt, ähnlich so, wie dies bei den tanzenden Figuren der Abb. 5 der Fall ist."

Die Heronischen Bücher, die allerdings nicht erkennen lassen, inwieweit es sich um Erfindungen Herons oder um zu damaliger Zeit bereits bekannte Vorrichtungen handelt, haben von ihrem ersten Erscheinen an das weitestgehende Interesse gefunden. Eine größere Anzahl von Übersetzungen derselben sind im Laufe der Jahrhunderte erschienen. Diese nahmen allmählich derart zu, daß man um die Wende des 16. und 17. Jahrhunderts mit Recht von einer „Heron-Renaissance" sprechen konnte.

Der erste, der Herons Dampfkünste, insbesondere die Äolipile, weiteren Kreisen, und zwar den Technikern, offenbarte, war der römische Architekt und Schriftsteller V i t r u v i u s P o l l i o, der zur Zeit des Cäsar und des Augustus als Kriegsingenieur tätig war. In seinem dem Augustus gewidmeten, zehn Bücher umfassenden Werke „De architectura"[6] widmet er im sechsten Kapitel des ersten Buches den Äolipilen folgende Ausführungen[7]:

„Der Wind ist eine strömende Luftwelle mit unbestimmt überflutender Bewegung; er entsteht, wenn die Hitze auf die Feuchtigkeit trifft und der Andrang der Erwärmung einen gewaltig wehenden Hauch herauspreßt. Daß dies aber wahr sei, kann man aus den ehernen Äolipilen (Luftgefäßen) ersehen und hinsichtlich der verborgenen Gesetze des Himmels durch künstlich erfundene Dinge die göttliche Wahrheit erzwingen. Man macht nämlich eherne hohle Äolipilen, diese haben eine möglichst enge Öffnung, durch welche sie mit Wasser gefüllt werden, dann stellt man sie ans Feuer, und bevor sie warm werden, zeigt sich keinerlei Hauch, sobald sie aber sich zu erhitzen anfangen, bewirken sie am Feuer ein heftiges Gebläse. So kann man aus dem kleinen und sehr kurzen Schauspiel Kenntnis und Urteil über die großen und unermeßlichen Naturgesetze des

Himmels und der Winde schöpfen."

Vitruvius versteht hier unter Äolipilen nicht den Äolsball (Abb. 7), sondern das mit Wasser gefüllte, von außen beheizte Hohlgefäß, Abb. 6. Von einer eigenartigen in den germanischen Wäldern etwa zu derselben Zeit erfolgten Ausnutzung der Dampfkraft berichtet A r a g o[8] wie folgt:

„Die natürlichen wie die künstlichen Kräfte sind fast stets, bevor sie den Menschen von tatsächlichem Nutzen waren, in den Dienst des Aberglaubens gestellt. Die Geschichtsbücher berichten, daß an den Ufern der Weser der Gott der alten Teutonen diesen hin und wieder sein Mißfallen durch eine Art von Donnerschlag zum Ausdruck brachte, dem dann unmittelbar darauf eine Wolke folgte, die den heiligen Hain erfüllte. Das Erzbild dieses Gottes „P ü s t e r i c h", das Ausgrabungen zutage gefördert haben, zeigt deutlich, in welcher Weise sich jenes Wunder vollzog. Das Götterbild bestand aus Metall. Der Kopf war hohl und enthielt ein mit Wasser gefülltes Gefäß. Holzpfropfen verschlossen den Mund des Gottes und ein oberhalb der Stirn angebrachtes Loch. Glühende an geeigneter Stelle der Kopfhöhlung gelagerte Kohlen erwärmten allmählich das Wasser. Alsbald trieb der erzeugte Dampf mit lautem Krachen die Pfropfen heraus, ergoß sich in zwei Strahlen nach außen und bildete zwischen dem Götterbild und den erschrockenen Andächtigen einen dichten Nebel."

Erst nach Verlauf von mehr als einem halben Jahrtausend begegnen wir wiederum einem Bericht über eine Verwendung der Kraft des Dampfes. Sie bewegte sich in derselben Richtung wie die von Arago berichtete. Der byzantinische Geschichtschreiber A g a t h i a s, mit dem Beinamen „S c h o l a s t i k o s" (geb. um 536, gest. 582 n. Chr.), behandelt in seinem die Jahre 552 bis 558 umfassenden Werke[9] einen Streit, den der Baumeister A n t h e m i u s, der Wiedererbauer der durch ein Erdbeben zerstörten Sophienkirche in Konstantinopel, mit seinem Nachbar Z e n o in eigenartiger Weise ausfocht. Anthemius, ein aus Trallas in Kleinasien gebürtiger Grieche, besaß ein Haus, das mit dem seines Nachbars Zeno in mehreren Teilen zusammenhing, und geriet über dieses Bauverhältnis mit Zeno in einen Rechtsstreit. Diesen verlor er aber, weil, wie ausdrücklich hervorgehoben wird, Zeno ein gewandterer Redner war. Anthemius stellte, um sich zu rächen, mehrere große Kessel auf, füllte diese mit Wasser an und umgab sie mit ledernen Schläuchen, die unten so weit waren, daß sie den ganzen Umfang der Kessel umschlossen. Mit diesen Schläuchen verband er lederne Röhren, die sich trompetenartig verengten. Die Enden dieser Röhren befestigte Anthemius dann so dicht und genau an den Balken des Zenoschen Hauses, daß der in den Röhren enthaltene Dampf zwar mit ungehinderter Kraft nach aufwärts steigen, aber nicht nach außen entweichen konnte. Nunmehr entfachte er unter den Kesseln ein starkes Feuer. Aus dem kochenden Wasser entwickelte sich alsbald Dampf, der nach oben emporstieg und, da er keinen Ausweg fand, in die Röhren hinübertrat. Da er auch hier keinen Austritt erhielt, strebte er mit erhöhtem Druck nach oben, hierbei unter Krachen das Gebälk des Hauses in zitternde Bewegung setzend. Auf das höchste bestürzt, entflohen die Hausgenossen des Zeno auf die Gasse.

Der Prokonsul Dr. D e g e n in Lüneburg hielt diese Anwendung der Spannkraft des Dampfes für so eigenartig und zielbewußt, daß er der Meinung war, Anthemius habe noch andere Anwendungsarten des Dampfes gekannt. Er äußert sich hierüber wie folgt[10]:

„Anthemius war, wie der Geschichtschreiber Agathias wiederholt bemerkt, ein ausgezeichneter Mathematiker und Verfertiger bewunderungswürdiger Maschinen. Welche Arten von Maschinen er verfertigte und zu welchen

Zwecken, ist ebensowenig angegeben als a u s d r ü c k l i c h gesagt, daß er die Wasserdämpfe bei denselben in Anwendung gebracht hätte. Es scheint indessen aus folgenden Worten des Agathias: „er aber (Anthemius) vergalt ihm (dem Zeno) aus der ihm eigenen Kunst auf folgende Weise" der Schluß gezogen werden zu dürfen, daß Anthemius bei seinen Maschinen auch die Wasserdämpfe gebraucht habe; denn wenn von der Dampfmaschine, welche er aus Rache über den verlorenen Prozeß gegen Zenos Haus richtete, namentlich angeführt wird, daß er sie a u s d e r i h m e i g e n e n K u n s t eingerichtet und sich dabei der Dämpfe bedient habe, so möchte der Schluß oder, wenn man lieber will, die Vermutung, daß er die ihm völlig bekannte Dampfkraft auch auf andere zu seiner Zeit bewunderte Maschinen übertragen habe, nicht ganz grundlos erscheinen, zumal da auch das Wort τέχνη auf praktische Anwendung hindeutet."

Die nunmehr zu erwähnende überkommene Nachricht von der Verwendung der Dampfkraft liegt auf dem Gebiete des christlichen Kultus: im Jahre 963 befand, wie W i l l i a m v o n M a l m e s b u r y berichtet[11], sich in einer Kirche zu Rheims eine Orgel, in welcher die Luft auf wunderbare Weise metallene Pfeifen zum Tönen brachte, indem sie durch die Kraft heißen Wassers aus den Pfeifen ausgetrieben wurde. Diese Orgel sollte eine Erfindung des Bischofs G e r b e r t v o n R e i m s , d e s s p ä t e r e n P a p s t e s S i l v e s t e r s II, sein[12].

Im Laufe der folgenden Jahrhunderte begegnen wir hin und wieder Beschreibungen des bereits erwähnten Götzenbildes des P ü s t r i c h , P e u s t r i c h oder B u s t a r d. Dasselbe fand sich auch bei den Wenden in Gestalt eines mit dem rechten Fuß knienden dicken, bausbäckigen Jungen von 14 Zoll Höhe, dessen Bauchhöhle drei Quart Wasser enthielt. Dieses verwandelte sich, wenn die Gestalt durch

Feuer erhitzt wurde, in Wasserdampf, der dann aus dem Munde des Püstrich mit lautem Gebrüll ausströmte.

Leone Battista Alberti, geb. 18. Februar 1404 zu Genua, gest. im April 1477 zu Rom, berichtet in seinem Werke De Architectura seu de re aedificatoria, Flor. 1485[13], daß die Kalkbrenner der damaligen Zeit große Furcht vor den Kalksteinen hatten, welche mit Luft gefüllte Höhlungen enthielten; wenn diese nämlich erhitzt würden, bildete sich in diesen Dampf, und dieser gäbe Anlaß zu höchst gefährlichen Explosionen.

Von Leonardo da Vinci (1452–1519) berichteten wir bereits auf S. 10, daß er sich mit der praktischen Benutzung der Dampfkraft beschäftigt hat. Bei der dort beschriebenen Dampfkanone handelte es sich nicht um eine von Leonardo angegebene Vorrichtung, sondern um eine solche, die von Archimedes in Vorschlag gebracht sein soll, offenbar aber von Leonardo nach dem damaligen Stande des Geschützbaues ausgestaltet ist.

Diese überaus vielseitige Persönlichkeit hat sich nun aber ebenfalls mit dem Wesen der Wärme und der Kälte beschäftigt und gewisse Sätze aufgestellt und auch wichtige Anregungen gegeben, die für die Entwicklung der auf die Ausnutzung der Spannkraft des Dampfes gerichteten Bestrebungen von Bedeutung sind.

Leonardo hat folgende Grundsätze aufgestellt[14]:

„Wo eine größere Kälte ist, da ist ein größeres Festwerden von Flüssigkeiten"

„Kaltes Wasser. Warmes Wasser."

„Das Wasser hat die Bewegung allein durch seine Schwere und Leichtigkeit, und diese sind seine Akzidentien, da es an sich weder Schwere noch Leichtigkeit hat, sondern die Schwere erwirbt es, sobald es oben ist oder seitlich an die

Luft angrenzt oder an eine andere Flüssigkeit, die leichter ist als es selbst, und die Leichtigkeit erwirbt es, wenn es beim Verdampfen durch die Wärme verdünnt wird, und dann steht es über dem kalten Wasser."

Leonardo da Vinci hat eine auf diesen Grundsätzen aufgebaute Vorrichtung zum Heben von Wasser durch Feuer, d. i. durch die bei Erwärmung des Wassers in Röhren auftretende Aspiration, angegeben[15]. Dieselbe ist in Abb. 8 dargestellt. Oberhalb des das Wasser enthaltenden Schachtes ist ein Feuer angebracht. Zum Ablassen des gehobenen Wassers dient ein an dem Feuerbehälter angebrachter Hahn.

Auch den Auftrieb der warmen Luft benutzte Leonardo da Vinci, und zwar zum Antrieb eines Bratspießes[16]. Dieser Art der Ausnutzung der Wärme begegnen wir ziemlich häufig noch in späterer Zeit.

Leonardo da Vinci treibt, wie Abb. 9 erkennen läßt, durch die im Innern eines Schornsteins aufsteigende warme Luft eine Turbine an, von deren senkrechter Welle aus durch Räder- und Schnurtrieb der Bratspieß in Drehung versetzt wird.

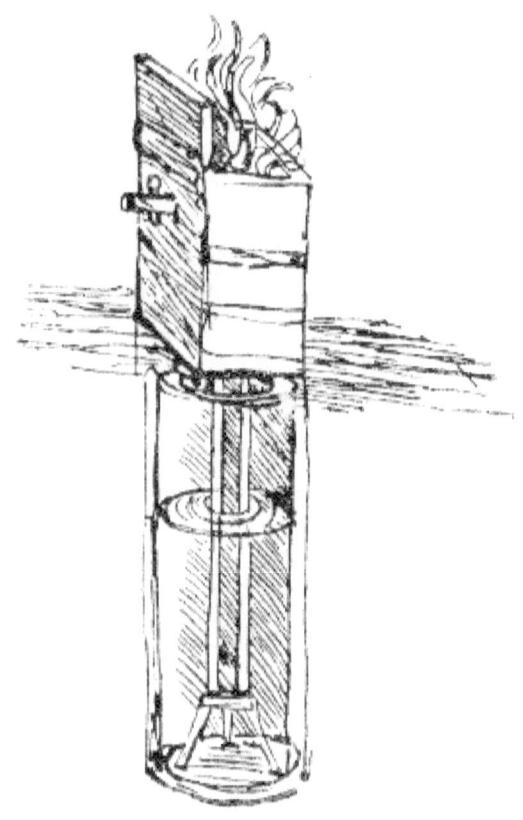

Abbildung 8.

Vorrichtung zum Heben von Wasser durch Feuer. (Nach Leonardo da Vinci.)

Abbildung 9.

Antrieb eines Bratspießes durch erwärmte Luft. (Nach Leonardo da Vinci.)

Leonardo da Vinci hat in seinem Codex Atlanticus, fol. 253, des weiteren auch eine Andeutung gemacht, die Dr. Hermann Grothe[17] dahin auslegt, daß dort ein Vorschlag gemacht sei, die D a m p f k r a f t   z u m   A n t r i e b   e i n e r B a r k e   zu benutzen. Von irgendeiner praktischen Anwendung verlautet nichts.

Im Jahre 1521 gab C e s a r e   C e s a r i a n o in Como erschienene Erläuterungen zu Vitruvs Architectura heraus, in welchen auch die Äolipile besprochen wird. Es wird hier ausführlich angegeben, daß der Dampf aus der Äolipile, d. h. einem Dampftopf, der ein Rohr im Deckel besitzt, mit großer Kraft ausströmt. Aus diesen Angaben hat man den Schluß gezogen, daß die Äolipile als Kriegswerkzeug zum Schleudern von Geschossen oder als Spritze benutzt sei[18].

Am 17. Mai 1543 soll B l a s c o   d e   G a r a y, der in jungen Jahren an der ersten Entdeckungsfahrt des Christoforo Colombo teilgenommen hatte, im Hafen von Barcelona dem Kaiser Karl V. ein Dampfschiff vorgeführt haben. Die am Anfang des 18. Jahrhunderts erschienene „Coleccion de las Viages" berichtet hierüber folgendes:

Blasco de Garay beschäftigte sich in seiner freien Zeit mit Mathematik, Physik, namentlich mit Mechanik, und soll manches schöne Stück erfunden haben, um das sich niemand kümmerte, als er, bereits ein Greis, plötzlich mit dem Gedanken hervortrat, man könne mit dem Wasserdampfe Bewegung erzeugen, und es wäre möglich, damit etwas treiben zu lassen, z. B. ein Rad; und da das ganze Sinnen Garays sich stets um die Schiffahrt drehte, so sprach er seine Überzeugung aus, daß es möglich wäre, ein in ein Schiff eingebautes Schaufelrad durch Dampf in Drehung zu bringen, so daß das Schiff hierdurch in Bewegung gesetzt werde und nicht mehr von den Launen des Windes abhängig sei. Anfangs lachte man über den mehr als siebzigjährigen Greis; als Garay aber nicht müde wurde, die Regierung wegen seiner Erfindung zu bestürmen, ermahnte ihn die damals allmächtige spanische Inquisition, von solch unchristlichem Werk abzustehen, das er doch nur mit Hilfe der Hölle zustande bringen könne. Es gelang aber Garay dennoch, die Aufmerksamkeit des Kaisers Karl V. zu erringen, und dieser gestattete ihm, ein mit dieser neuen Einrichtung ausgerüstetes Schiff ihm im Hafen von Barcelona vorzuführen. Und zwar sollte Garay, da des Kaisers Aufenthalt in Barcelona nur kurz war, mit dem ersten besten Schiff, das in den Hafen einlief, seine Kunst versuchen. Es war dies die „Trinidad", ein Schiff, das unter dem Kapitän Pedro de Scarza stand und soeben von Sizilien heimkehrte. Der kaiserliche Befehl erregte überall Angst und Schrecken, denn man war sich darüber klar, daß der Dampf, mit dem das Schiff in Bewegung gesetzt werden sollte, direkt aus der Hölle bezogen sei und daß nur mit Teufelskünsten solch ein ungeheuerliches Beginnen durchgeführt werden könne. Am meisten war der Kapitän des Schiffes erzürnt und gekränkt, weil er wußte, daß sein schönes Schiff dann für ewige Zeiten verhext sei und zweifellos einem Unglück entgegengehe. Jedenfalls sollte es nicht solch unchristlichem Werke dienen. Aber alle seine Proteste waren vergeblich, des Kaisers Befehl mußte vollzogen werden, denn Karl V., der trotz aller übergroßen Frömmigkeit doch auch für weltliche Sachen ein scharfes Auge besaß, fühlte heraus, daß in dem Versuche Garays ein großer Gedanke schlummere, und ließ sich trotz aller von den verschiedensten Seiten auf ihn einstürmenden Bitten und Proteste nicht abhalten, dem von ihm bewilligten Versuche beizuwohnen. Wer aber Garay kannte und wußte, daß er sein Leben hindurch ein gottergebener Christ gewesen war, wußte auch, daß dieser Mann sich nicht mit der Hölle verbinden werde, und die Nacht vor der Probefahrt verbrachte Garay auch in dem berühmten Benediktinerstifte Montserrat bei Barcelona im inbrünstigen Gebete zu Gott um Gelingen des Unternehmens, sorgte sogar dafür, daß das Wasser, das er zum Dampferzeugen verwenden wollte, aus den geweihten Wässern des Klosters entnommen wurde, und ließ es sorgsam nach dem Schiffe transportieren. Die Vorbereitungen bestanden in folgendem: Garay legte eine Achse quer über das Verdeck des Schiffes an deren Enden zwei Schaufelräder angebracht waren, die in das Wasser hineinreichten. Außerdem wurde ein Kessel auf das Schiff gebracht, mit dem geweihten Wasser gefüllt, und aus diesem Dampf erzeugt. Über dem Kessel war ein Apparat angebracht, in dem sich eine Stange auf und ab bewegte, und das Ganze war durch Riemen mit der Achse bzw. den Rädern verbunden. Eine ungeheure Zuschauermenge harrte der Dinge, die da kommen sollten. Nachdem der gesamte Hofstaat und der Kaiser auf einer Tribüne Platz genommen hatten, begann der Rauch sich aus dem kleinen Rauchfang des Kessels zu erheben, das Schiff löste sich vom Platze, die Räder drehten sich, und das Schiff lief trotz des ungünstigen Windes, ja gerade gegen ihn, aus dem Hafen. Erstaunen und Entsetzen bemächtigten sich aller Zuschauer, und ein Teil der Schiffsbesatzung sprang über Bord und suchte durch Schwimmen aus dem Bereich des offenbar verzauberten Schiffes zu gelangen. Das Schiff lief 8 Seemeilen, wozu es zwei Stunden brauchte — der Versuch war glänzend gelungen. Kaiser Karl V., gleichfalls überrascht, glaubte, daß es mit ganz natürlichen Dingen zugehe, gab den Befehl, dem überglücklichen Erfinder 4000 Maravedi auszuzahlen, und verlieh ihm auf der Stelle den Orden der Taube von Kastilien. Zugleich aber gab er seinem Großzahlmeister den Befehl, das Schiff genau zu besehen und dann darüber Bericht zu erstatten. Dieser Bericht fiel nun aber sehr ungünstig aus. Die Erfindung sei völlig wertlos. Zwar sei das Schiff acht Meilen in zwei Stunden gelaufen. Dies könne aber ein gewöhnliches Segelschiff ebenfalls leisten. Dafür berge die neue Maschine eine Menge von Gefahren in sich. Es sei zu befürchten, daß Mannschaften und Passagiere verbrüht würden, der Dampfkessel könne explodieren und größtes Unheil anrichten. Inzwischen wurde auch von anderer Seite gegen Garays Erfindung angekämpft und der Kaiser bestürmt, dieses Teufelswerk, das jetzt, da es gelungen war, noch gefährlicher erschien, nicht zu gestatten. Infolgedessen verbot Karl V. Garay, den Apparat ferner zu benutzen. Dieser, der sich bereits dem Ziele seiner Wünsche nahe geglaubt hatte, zertrümmerte im Zorn seine Maschine, vielleicht auch, um den Argwohn der Inquisitionsbehörde zu zerstreuen. Diese nämlich rückte dem Erfinder bedenklich näher, nachdem der Kaiser seine schützende Hand zurückgezogen hatte.

Garay zeigte aber, daß er nie mit dem Teufel ein Bündnis geschlossen hatte, denn er zog sich hierauf in das Kloster Montserrat zurück, wo er im Jahre 1555 als vierundachtzigjähriger Greis sein in den letzten Jahren nur noch dem Gebete und dem Gottesdienst geweihtes Leben beendete.

Von seiner Erfindung ist nichts zurückgeblieben, und nur in der Geschichte ist seines Namens und seines Werkes Erwähnung geschehen.

Soweit der Bericht der „Coleccion de las Viages", der so eingehend er gefaßt ist, dennoch der historischen Unterlage entbehrt. Dies hat J o h n   M a r c   G r e g o r in einem am 14. April 1858 in der Society of Arts in London gehaltenem Vortrage „Über Räder- und Schraubenpropeller" nachgewiesen. Auf Grund zweier in den Staatsarchiven zu Simancas aufbewahrten Briefe Blasco de Garays und auf Grund der von ihm in diesem Archiv sowie in dem Archiv zu Barcelona angestellten Nachforschungen kam Marc Gregor zu dem Ergebnis, daß es sich bei der Erfindung Garays um ein v o n   4 0   M a n n   b e w e g t e s S c h a u f e l r a d gehandelt hat, nicht aber um eine Dampfmaschine. Nebenbei möge hier die Bemerkung Platz finden, daß sich bereits auf vorchristlichen römischen Medaillen Schiffe, die durch Schaufelräder angetrieben werden, vorfinden. Bei den Chinesen waren schon seit den ältesten Zeiten Schaufelräder im Gebrauch.

Cardanus (geb. 1501 zu Pavia, gest. 1576 zu Rom) führte in seinem im Jahre 1553 erschienenen Werke „De rerum varietate" auch die Äolipile an, die er bezüglich des Ansaugens der Flüssigkeit und des Ausstoßens des Dampfes verbesserte. Auch er schlug vor, die in den Schornsteinen aufsteigende warme Luft in der Weise auszunutzen, daß ein Flügelrad in den lichten Raum der Esse eingebaut und zum Antrieb eines Bratspießes benutzt werde.

Eine bemerkenswerte, wenngleich überaus unbestimmte Angabe über das Heben von Wasser mit Hilfe des Feuers macht Johannes Mathesius, Bergpfarrer zu Joachimsthal, in seiner im Jahre 1562 erschienenen „Berg-Postilla oder Sarepta". Die diesbezügliche Stelle lautet[19]:

„Ihr Bergleute sollet auch in euren Bergreyen rühmen den guten Mann, der Berg (Gestein) und Wasser mit dem Wind auf den Platten anrichtet zu heben, wie man jetzt auch, doch am Tage, Wasser mit Feuer heben soll" Leider ist eine nähere Klarlegung dieser Anwendung des Feuers nicht gegeben.

Im Jahre 1567 machte der Baumeister Philibert Delorme (geb. um 1518 zu Lyon, gest. 1577 zu Paris) den Vorschlag, zur Verhütung des Rauchens der Schornsteine in diese Äolipilen einzubauen.

Bemerkenswert ist eine Angabe über das Verhältnis zwischen Wasser- und Dampfmenge, die in dem ohne Nennung des Verfassers (Bresson zugeschriebenen) im Jahre 1569 zu Orleans erschienenen Buche „L'Art et science de trouver les eaux" enthalten ist und die wörtlich besagt:

„Aus einem Teil Wasser entwickeln sich durch Wärmezufuhr und Verdampfung 10 Teile Luft (Dampf); im Gegensatz hierzu bildet sich aus 10 Teilen Luft ein Teil Wasser."

Das Jahr 1570 brachte wiederum einen Vorschlag, die im

Schornstein abziehenden Rauchgase zum Antrieb von Bratspießen zu benutzen. Dieses Mal ging der Vorschlag von B a r t h o l e m e o S c a p p i aus, der ihn in seinem Buche Opera di M. Bartholemeo Scappi, Venetia 1570, unter Beifügung von Kupfertafeln niederlegte.

Im Jahre 1575 erschien eine Übersetzung der Werke Herons von Alexandrien aus dem Griechischen ins Lateinische von F r e d e r i g o C o m m a n d i n o Dieser starb während der Drucklegung zu Urbino. An seiner Stelle besorgte dessen Freund S p a c i o l u s die Herausgabe[20].

In demselben Jahre übersetzte Aleotti, Architekt zu Urbino, die „Druckwerke" Herons ins Italienische[21].

Im Jahre 1597 erschien zu Leipzig ein Buch, von dem Stuart[22] berichtet, daß es eine sich drehende Äolipile beschreibe, die zum Antrieb eines Bratspießes dient. Es würde dieses die erste Quelle sein, die auf die m o t o r i s c h e Ausnutzung der Äolipile deutet.

Von besonderem Interesse ist auch die Beschreibung einer Äolipile, die S i r H u g h P l a t im Jahre 1594 veröffentlicht[23]: „Eine runde Kugel von Kupfer oder Messing, die durch Verdünnung des Wassers in Luft das Feuer kräftig anbläst. Mache eine Kugel aus Kupfer oder Messing und statte sie mit einem Rohr oder Halsstück aus, das oben einen seitlichen Ansatz und eine kleine Öffnung besitzt. Dann erhitze die Kugel und wirf sie in kaltes Wasser; sie wird alsdann Wasser in sich hineinsaugen. Dies wird so oft wiederholt, bis die Kugel mehr als zur Hälfte gefüllt ist. Dann setze diese über brennende Kohlen. Nun wird man bemerken, daß ein starkes Gebläse sich gegen die Kohlen richtet, wenn man die Tülle des Blasebalges entsprechend einstellt. Es steht außer Zweifel, daß man mit Hilfe dieser Kugel Gold und Silber schmelzen kann. Auch kann man diese Kugeln so groß machen, daß man mit ihrer Hilfe eine ganze Stunde lang ohne Unterbrechung blasen kann."

Man nannte die Äolipilen auch „philosophical bellows", philosophische Blasebälge. Ihr Prinzip war übrigens in England schon vor den Zeiten Sir Hugh Plats bekannt. So soll es auf den herrschaftlichen Landsitzen in Staffordshire üblich gewesen sein, eine „Jack of Hilton" genannte, etwa einen Fuß hohe hohle Messingfigur aufzustellen, die Feuer spie und deren Ursprung bis auf die Zeit der Sachsen zurückgeführt wurde. Sie wurde am Neujahrstage in Tätigkeit gesetzt, und man pflegte die Neujahrsgans dreimal um diesen Püsterich herumzutreiben, bevor man sie briet und verzehrte.

Das Jahr 1598 brachte wiederum eine Übersetzung der „Druckwerke" Herons ins Italienische, und zwar von G e o r g i[24].

Im Jahre 1601 beschrieb B a t t i s t a   d e l l a   P o r t a in seinen Pneumaticorum libri III einen Apparat, der hin und wieder als eine Vorrichtung zum Heben von Wasser mittels Dampfes hingestellt wurde, in Wahrheit aber nur dazu dienen sollte, festzustellen, in wieviel Teile Luft sich eine gewisse Menge Wasser auflöst. Porta beschreibt den Apparat wie folgt[25]: „Man nehme eine gläserne oder zinnerne Kiste B C(Abb. 10), deren Boden an einer Stelle mit einem Loch versehen sei, durch welches der Hals eines Destilliergefäßes D läuft, welches ein bis zwei Unzen Wasser enthält. Der Hals sei an den Boden dieser Kiste eingelötet, so daß das Wasser daselbst nicht heraus kann. Von dem Boden der Kiste steige eine Röhre C auf, und diese Röhre sei hinlänglich vom Boden entfernt, um Wasser durchzulassen. Diese Röhre muß etwas über die Oberfläche des Deckels emporragen. Man fülle die Kiste B durch die Öffnung A mit Wasser und schließe sie dann zu. Man setze dann das Gefäß auf das Feuer und erhitze es nach und nach. Das Wasser in demselben wird sich in Luft verwandeln, wird auf das Wasser in der Kiste drücken, und dieses Wasser wird auf das Wasser in der Röhre C drücken, und dieses wird aus derselben herausfließen. Man muß so lange mit dem Erhitzen des Wassers in dem Gefäß fortfahren, bis alles gar ist. Da das Wasser in Luft verwandelt wird, wird diese Luft immer auf das Wasser in der Kiste drücken, und das Wasser wird beständig ausfließen. Wenn es einmal bis zum Sieden gekommen ist, mißt man die Menge Wassers, die aus der Kiste ausgeflossen ist, und so viel dann an diesem Wasser fehlt, so viel hat sich dann in Luft verwandelt.

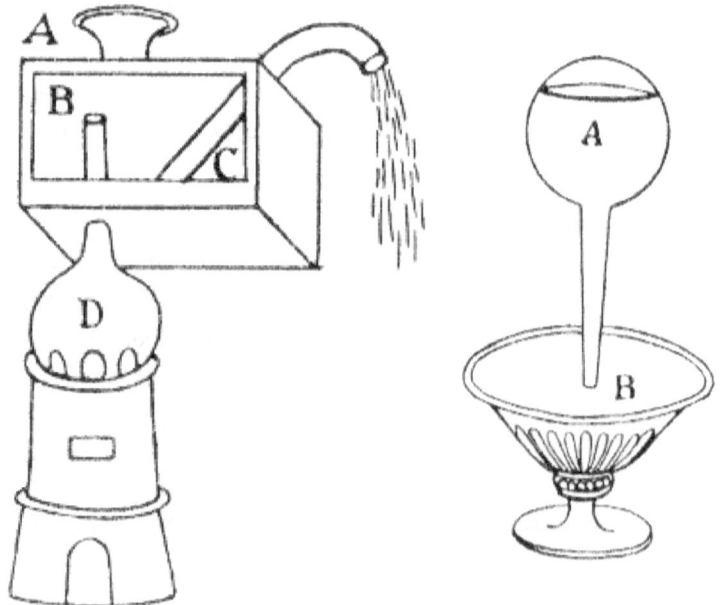

Abbildung 10 und 11.

Battista della Portas Verdampfungsversuch.

Man kann auch sehr leicht bemessen, in wieviel Luft sich eine gegebene Menge Wassers verwandeln kann.

Man nehme ein Destilliergefäß, das unter dem Namen Gruale oder gewöhnlich als materasso, Kolben, bekannt ist, in welchem man Branntwein brennt. Man lasse dieses Gefäß von Glas sein, damit man die Wirkungen der Luft und des Wassers sehen kann.

Dieses Gefäß sei durch A (Abb. 11) dargestellt, und die Öffnung desselben befinde sich in einem flachem Gefäß B, das mit Wasser gefüllt ist. Das Gefäß A sei mit Luft gefüllt, die mehr oder minder dicht ist, nach Ort und Jahreszeit. Man rücke einen mit Feuer gefüllten kleinen Ofen unter das Gefäß A. Die Luft wird sich, sobald sie die Wirkung der Wärme fühlt, ausdehnen und, nachdem sie dünner geworden ist, einen größeren Raum einnehmen und auf das Wasser drücken, was zu kochen scheinen wird. Dies ist ein Zeichen, das sich Luft entwickelt, und je mehr die Hitze wirken wird, desto mehr wird das Wasser zu kochen scheinen. Nachdem man den höchsten Grad von Luftverdünnung erhalten haben wird, wird das Wasser aufhören zu kochen. Wenn man dann das Feuer von dem Gefäß A wegnimmt, wird die Luft kälter werden und sich verdichten und einen kleineren Raum einnehmen, und da sie nicht mehr den leeren Raum in dem Gefäß ausfüllen kann, weil die Öffnung unter dem Wasser ist, wird sie das Wasser in das Gefäß ziehen, und man wird das Wasser mit Gewalt steigen und das Gefäß füllen sehen, so daß nur jener Teil davon leer bleibt, wo sich die Luft auf ihren natürlichen Zustand zurückgeführt befindet. Wenn man neuerdings Feuer an dieses geringe Volumen Luft bringt, wird es sich nochmals verdünnen, das Wasser wird hinausstürzen und, wenn man das Feuer entfernt, wieder steigen.

Nachdem man das Wasser gestellt hat, nimmt man eine Feder und Tinte und bezeichnet außen am Glase die äußerste Oberfläche des Wassers im Gefäße und gießt dann aus einem anderen Gefäß so viel Wasser in das erstere, als nötig ist, bis zu dem angedeuteten Punkt zu gelangen. Man mißt hierauf dieses Wasser, und sovielmal dieses Wasser das ganze Gefäß füllen wird, sovielmal wird ein Teil der Luft, verdünnt durch die Hitze, sich entwickeln, und dadurch entstehen ganz kuriose Dinge (grande secreti)."

Schon vor dem Jahre 1605 versuchte M a r i n B o u r g e o i s in der Artillerie Wasserdampf an Stelle von Pulver zu verwenden. Hiervon hörte D a v i d R i v a u l ţ, H e r r v o n F l u r e n c ȩ er setzte sich mit Bourgeois in Verbindung und ließ sich im Jahre 1606 dessen „Feuergewehr" vorführen. In den von Rivault im Jahre 1605 und 1608 herausgegebenen Elémens d'Artillerie[26] wird beschrieben, wie eine dünnwandige mit Wasser gefüllte Äolipile, deren Öffnung verschlossen ist, mit heftigem Knall explodiert, wenn sie der Einwirkung starker Hitze ausgesetzt wird.

Bourgeois hat übrigens, wie Sir Hugh Plat (vgl. S. 30), auch die Beobachtung gemacht, daß, wenn man eine Äolipile erhitzt und in ein mit kaltem Wasser gefülltes Gefäß wirft, sie Wasser in ihr Inneres hineinsaugt[27].

Die in der zweiten Ausgabe der Elémens d'Artillerie gegebene Beschreibung des Dampfgeschützes lautet wie folgt[28]: „W i e e i n G e s c h ü t z m i t H i l f e r e i n e n W a s s e r s a b g e f e u e r t w e r d e n k a n n. Eine Kanone von der gebräuchlichen Form wurde am Zündloch fest verschlossen, und das Innere wurde mit Wasser gefüllt. Eine Kugel wurde hineingeschoben und mittels eines Halters festgehalten. N u n m e h r w u r d e e i n F e u e r u n t e r d e n S c h i l d z a p f e n d e s R o h r e s a n g e b r a c h t Als das Wasser hoch erhitzt worden war, wurde der die Ladung sichernde Halter entfernt und der Dampf trieb die Kugel mit großer Gewalt hinaus." Rivault gibt übrigens auch die Abbildung einer von Bourgeois erfundenen Windkanone.

Im Jahrs 1615 erschien zu Heidelberg ein von

S a l o m o n d e C a u s[29] verfaßtes, zum Teil an Heron sich anlehnendes Buch: „Les Raisons des forces mouvantes, avec diverses machines aussi utiles que plaisantes", in welchem Beobachtungen über die Natur des Wasserdampfes sowie Vorschläge für dessen praktische Verwendung gemacht werden. Diese sind von seiten Aragos so hoch eingeschätzt, daß er Salomon de Caus als den Erfinder der Dampfmaschine hingestellt hat. Eine aus dem Jahre 1624 stammende Ausgabe jenes Buches Salomons de Caus zerfällt in folgende Unterabteilungen: Über die bewegenden Kräfte, Grotten- und Fontänenbau, Orgelbau. Für die Geschichte der Dampfmaschine ist nur die erstere wichtig, und zwar in erster Linie die dort aufgestellten „Theoreme" I und V.

S a l o m o n s d e C a u s T h e o r e m I.

„D i e E l e m e n t e v e r e i n i g e n s i c h e i n e Z e i t l a n g; s o d a n n k e h r t j e d e s w i e d e r a n s e i n e n O r t z u r ü c k

Es ist allgemein bekannt, daß alles, was die göttliche Vorsehung geschaffen hat, zusammengesetzt und zusammengemischt ist aus Elementen, ebenso alles das, was der Mensch ausführt. So ist z. B. das Holz und alle anderen Dinge, die die Erde hervorbringt, aus Trockenem und Feuchtem zusammengesetzt und zwar mit Hilfe des Feuers und der Luft. Denn wir wissen aus Erfahrung, daß die Erde nichts hervorbringen würde, wenn sie nicht von der Sonne erwärmt würde und wenn die Luft nicht Wachstum verliehe. Wie nun aber die Natur etwas mit Hilfe der Elemente entstehen läßt, so zerstört sie dieses wiederum mit Hilfe der Elemente, indem sie jedes Element wiederum auf seine Stelle zurückkehren läßt. So wird z. B. das Holz durch Wärme zerstört, die Feuchtigkeit verdampft nach oben unter der Einwirkung der Wärme. Erreicht nun der Dampf mit der Wärme eine gewisse Höhenregion, so verlassen sie einander;

jeder geht an seinen Ort zurück; die Feuchtigkeit fällt wieder auf die Erde. Dieses nennen wir Regen. Diesen Vorgang werde ich an einem Beispiel erläutern.

A (Abb. 12) sei ein rundes, dichtes Gefäß, in dessen Inneres ein Rohr C hineinragt, und zwar bis ungefähr auf dessen Boden. An dem Rohre C ist ein Hahn zum Öffnen und Verschließen angebracht. Oben ist an dem Gefäß noch die Öffnung E angeordnet. Man tue nun durch diese Öffnung Wasser in das Gefäß hinein, und zwar einen Topf voll, wie er neben dem Gefäß dargestellt ist, sofern das Gefäß drei solche Töpfe faßt. Hierauf setze man das Gefäß drei oder vier Minuten lang auf Feuer und lasse die obere Öffnung E offen. Nunmehr ziehe man das Gefäß wieder vom Feuer fort und lasse das noch in demselben befindliche Wasser hinaus. Man wird hierbei finden, daß ein Teil des Wassers durch die Hitze des Feuers verdampft ist. Nunmehr fülle man in das Gefäß wiederum die gleiche Menge Wasser wie vorhin, setze das Gefäß wiederum auf das Feuer, verschließe aber sowohl die obere Öffnung E wie den Hahn D. Man lasse das Gefäß während der gleichen Zeit auf dem Feuer wie vorhin, ziehe es dann vom Feuer zurück und lasse es erkalten, ohne die Öffnung E zu öffnen. Gießt man nun das Wasser aus dem Gefäß aus, so wird man finden, daß dieses in derselben Menge vorhanden ist, die man in das Gefäß hineinfüllte. Hieraus ersieht man, daß das Wasser, das zu Dampf geworden war, jetzt wieder zu Wasser sich verwandelt und sich selbst abgekühlt hat. Man kann auch noch einen anderen Versuch machen. Man tue wiederum ein Quantum Wasser in das Gefäß und setze dieses auf das Feuer, nachdem man die Öffnung E geschlossen und den Hahn D geöffnet hat. Setzt man nun den Topf neben das Gefäß, so wird sich das Wasser infolge der Hitze des Feuers aus dem Gefäße emporheben."

Abbildung 12.

Versuch Salomons de Caus über die Kondensation des Dampfes.

Aus diesem Theorem I geht mit Sicherheit hervor, daß Salomon de Caus das Wesen der Kondensation des Wasserdampfes erkannt hat.

Salomons de Caus Theorem V.

„Wasser steigt mit Hilfe des Feuers höher als seine Oberfläche

Man kann mit Hilfe des Feuers Wasser zum Steigen bringen. Hierzu können verschiedene Vorrichtungen dienen. Eine derselben will ich hier beschreiben. A (Abb. 13) sei eine ringsum gut verlötete Kugel, an welcher sich eine Öffnung D befinde, durch welche man Wasser in das Gefäß tue. In die Kugel A führt bis fast auf deren Grund ein Rohr B. Nach Einführung des Wassers schließe man den Hahn D und stelle das Gefäß auf Feuer. Dann wird die dem Gefäß zugeführte Wärme das ganze Wasser aus dem Rohr B austreten lassen."

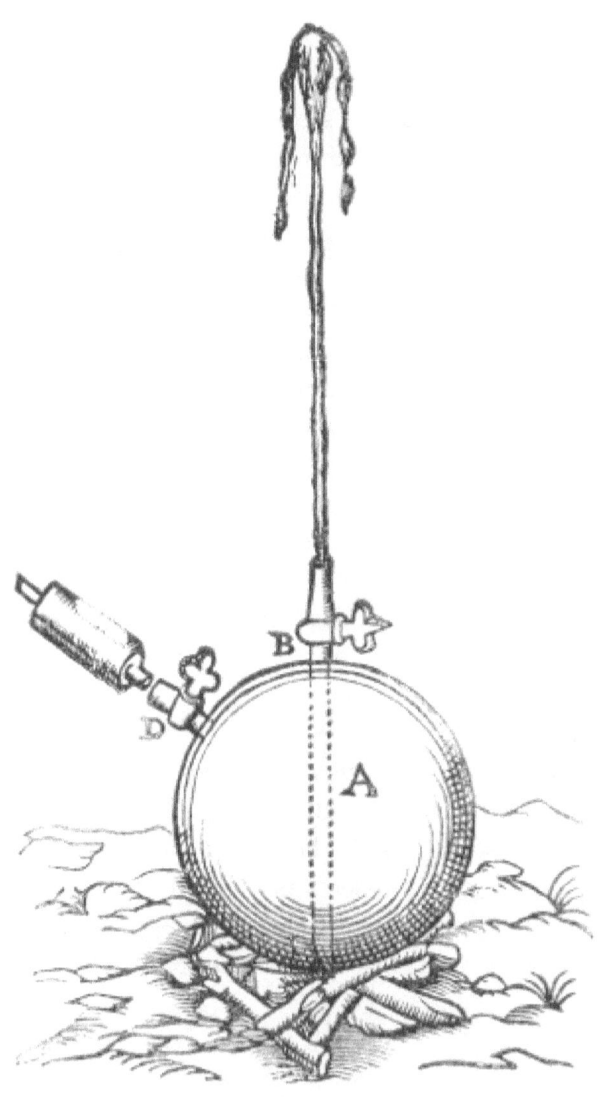

Abbildung 13.

Unter den übrigen von Salomon de Caus angegebenen Vorrichtungen zum Heben von Wasser sind für uns noch einige solche von Interesse, bei denen die Sonnenwärme als Wärmequelle zur Erzielung der Verdampfung benutzt wird. Als Aufgabe 13 beschreibt er eine Maschine, mit deren Hilfe man stehendes Wasser in Gestalt einer kontinuierlichen Fontäne zum Ausströmen bringen kann. Auf dem Wasserbehälter I (Abb. 14) stehen vier kleine kastenförmige Gefäße; sie sind unten durch ein Rohr P miteinander verbunden. Dieses Rohr mündet in seinem mittleren Teile mittels eines Ventils H in das im Behälter I enthaltene Wasser. Oberhalb der vier kleinen Gefäße liegt ein Rohr E, von welchem je ein senkrechtes Rohr in diese Gefäße mündet. Ein Rohr N mit Ventil G führt von dem Rohr E zu der kontinuierlich zu betreibenden Fontäne. Die oberen vier Gefäße werden durch die Öffnung M zur Hälfte mit Wasser gefüllt. Hierbei wird dieses Wasser durch das Ventil H zurückgehalten. Läßt man nun die Sonne direkt oder unter Einschaltung von Brenngläsern auf die vier oberen Gefäße scheinen, so dehnt sich die in diesen befindliche Luft aus und drückt das Wasser in das Rohr E und durch das Ventil G und Rohr N zu dem Springbrunnen. Dieser läßt das Wasser wieder in das Gefäß I zurückfallen. Wird die Zufuhr der Sonne unterbrochen, was bei Eintritt der Dunkelheit von selbst erfolgt, so kühlt sich die in den vier oberen Gefäßen enthaltene Luft ab und vermindert ihr Volumen. Infolgedessen schließt sich das Ventil G, wogegen sich das Ventil H öffnet und Wasser aus dem Gefäß I in die oberen Gefäße nach oben hin übertreten läßt. Bescheint die Sonne wiederum den Apparat, so beginnt das Spiel von neuem.

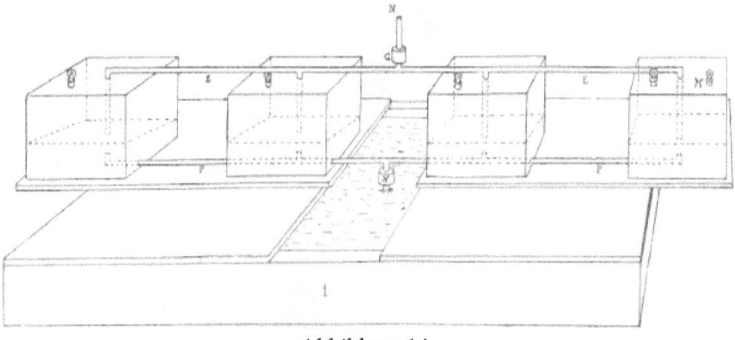

Abbildung 14.

Vorrichtung Salomons de Caus zum Heben von Wasser mit Hilfe der Sonnenwärme.

Als Aufgabe 15 beschreibt Salomon de Caus die in Abb. 15 dargestellte Sonnenkraftmaschine. Hier sind in dem Gestell A Brenngläser angebracht, die die Sonnenstrahlen auf zwei Metallkästen werfen, die in ihrem Innern die nach Aufgabe 13 ausgeführte Vorrichtung enthalten. Durch Ventil C und Rohr D tritt die unter Druck stehende Flüssigkeit zu der im Nebenraum aufgestellten Fontäne über.

Abbildung 15.

Vorrichtung Salomons de Caus zum Heben von Wasser mit Hilfe der Sonnenwärme.

Salomon de Caus war 1576 zu Dieppe geboren. Seines Zeichens Architekt, kam er im Jahre 1612 nach England, um den Park des Prinzen von Wales zu Richmond auszugestalten. Als sich die Tochter des Prinzen, die Prinzessin Elisabeth, im Jahre 1615 mit Kurfürst Friedrich V. von der Pfalz vermählte, siedelte Salomon de Caus nach dessen Residenz Heidelberg über. Der dortige Schloßpark und die Schloßterrasse sind sein Werk. 1619 kehrte er in seine Heimat zurück, wo er im Jahre 1626 verstarb. Bailles[30] und Arago[31] erblickten in Salomon de Caus den Erfinder der Dampfmaschine. Im Jahre 1834 wurde ein angeblich von

Marion Delorme an den Marquis de Cinq-Mars gerichteter Brief veröffentlicht[32], in dem mitgeteilt wurde, daß de Caus, da man seine Anschauungen über die Dampfkraft für die Ausgeburt eines kranken Gehirns hielt, von Richelieu zu Bicêtre eingekerkert worden sei. In der Folgezeit erschien denn auch Salomon de Caus in Wort und Bild als Märtyrer seiner Ideen. Unter anderem widmete ihm Brachvogel 1859 das Drama „Mon de Caus". Dagegen stellte sich der Brief Delormes als eine Fälschung heraus. Dieses hindert aber nicht, anzuerkennen, daß die Arbeiten Salomons de Caus eine wichtige Etappe auf dem Wege zu der Erkenntnis des Wesens des Dampfes bilden. Für die Vielseitigkeit dieses zu früh dahingerafften Pioniers der Dampfkraft spricht der Umstand, daß er auch über Perspektive (London 1612), Sonnenuhren (Paris 1624), Harmonie (Frankfurt 1615) Abhandlungen hinterlassen hat.

Neben Salomon de Caus ist noch zu nennen der ebenfalls aus Dieppe stammende Isaak de Caus. Dieser verfaßte im Jahre 1644 ein Buch über eine neue Erfindung, um Wasser zu heben; dasselbe enthält aber nichts über die des Hebens mittels Feuer.

Mit dem Jahre 1617 erschließt sich für den die Geschichte der Dampfmaschine behandelnden Fachmann eine eigenartige Quelle in Gestalt der e n g l i s c h e n P a t e n t s c h r i f t e n. Eins der besten Geschichtswerke über die Entwicklung der Dampfmaschine ist Fareys „Treatise on Steam Engine, historical, practical and descriptive, London 1827". Desgleichen Robert Stuarts Descriptive History of the Steam Engine, London 1824. Beide Werke enthalten aber Angaben, welche gegenüber der sich auf die englischen Patentschriften stützenden Forschung nicht bestehen können. So enthält

Stuarts History eine Zusammenstellung der auf die Verbesserung der Dampfmaschine, der Feuerungen und der Dampfkessel bezüglichen englischen Patentschriften, die als lückenhaft und als zum Teil unzutreffend zu bezeichnen ist. Durch einen Zufall wurde dem Schreiber dieses auch eine Anzahl in anderen gründlichen Werken enthaltener Unstimmigkeiten kund, die derselbe in einer längeren Abhandlung: „Beiträge zur Geschichte der Erfindungen im 17. und 18. Jahrhundert" in „Glasers Annalen für Gewerbe und Bauwesen" 1897, Nr. 488 u. ff., richtig stellte.

Die sämtlichen seit dem 11. März 1617 erteilten englischen Patente sind im Jahre 1857 gesammelt und bei George Edward Eyre und William Spottiswoode in London neu gedruckt worden. In ihnen ist für die Erforschung der Fortschritte der Technik von jener Zeit an ein reicher Stoff niedergelegt, der den im übrigen durchaus gewissenhaften Forschern Farey und Stuart nicht zur Verfügung stand. Nun gibt es außer jenem Neudruck der seit 1617 ausgegebenen englischen Patentschriften auch die von uns bereits mehrfach zitierten Abridgements of Specifications relating to the Steam Engine. Leider lassen aber auch diese eine absolute Zuverlässigkeit vermissen. Schreiber dieses hat daher, um hier eine Lücke auszufüllen, sämtliche englischen Patentschriften vom Jahre 1617 bis auf James Watts erstes Patent vom Jahre 1769, insgesamt 913 Stück, daraufhin geprüft, ob sie sich auf die Verbesserung der Dampfmaschine oder Verwandtes beziehen.

LE MACHINE
Volume nuouo et di molto artificio
da fare effetti marauigliosi tanto
Spiritali quanto di Animale Ope-
ratione arichito di bellissime figu-
re conle dichiarationi a ciascuna di
esse in lingua uolgare et latina
DEL SIG. GIOVANNI BRA
NGA CITTADINO ROMANO
Ingegniero, & Architetto della S.ta
Casa di Loreto.
ALL. ILLVSTRISS.
Monsignor TIBERIO Cenci
Vescouo di Iesi

IN ROMA
a distaza di Iacomo Mascardi
In Piazza   Nauona

con licentia de Superi. per Iacomo Mascardi.   M. D. C. XXIX.

Abbildung 16.

Titelbild zu Giovanni Brancas Buch „Le Machine".

Die ältesten englischen Patentschriften ergehen sich nur
in allgemeinen Wendungen über den Gegenstand des

Patents und geben daher keine Möglichkeit, sich diesen zweifellos zu vergegenwärtigen.

Schon aus den ersten dieser Patentschriften geht aber zweifellos das große Interesse hervor, das die damalige Industrie hatte, um sich neue bewegende Kräfte dienstbar zu machen. Als ein auf diesem Gebiete tätiger Erfinder tritt uns D a v i d R a m s e y e entgegen. Ihm wurde in Gemeinschaft mit T h o m a s W i l d g o s s e am 17. Januar 1618 das Patent Nr. 6 erteilt auf eine neue und geeignete kompendiöse Art von Maschinen und Instrumenten und andere nützliche Erfindungen, Mittel und Wege zum Besten des Gemeinwohles, um so wohl die Äcker ohne Pferde und Ochsen zu pflügen und die Fruchtbarkeit des Bodens zu vermehren, ferner um Wasser von niedrig gelegenen Orten zu höher gelegenen Orten zu heben, Städte und Landedelsitze mit Wasser zu versorgen und andere Plätze, die bisher ohne Wasser sind, mit geringerer Mühe als bisher, und Fracht- und Passagierschiffe auf dem Wasser zu bewegen, sowohl schneller bei Windstille als auch sicherer im Sturm, als dies bei Schiffen mit voller Takelung möglich ist.

Unter dem 8. August 1622 erhielt eben derselbe D a v i d R a m s e y e in Gemeinschaft mit J o h n J a c k e das Patent Nr. 21 auf eine neue und nützliche Erfindung, Kunst und Mittel, zwei nützliche Maschinen und Instrumente herzustellen und zu benutzen, die eine zum Heben von Wasser, um Ländereien und Bergwerke zu entwässern, die andere um einen Bratspieß oder dergleichen zu drehen.

Wir erwähnen diese beiden Ramseyeschen Patente hier, obgleich sie nicht mit Bestimmtheit auf Dampfmaschinen sich beziehen, um deswillen, weil Ramseye Inhaber des später noch von uns zu nennenden ersten englischen Dampfmaschinenpatents Nr. 50 vom 21. Januar 1630 ist.

Im Jahre 1627 gab J e a n L e u r e c h o n unter dem Namen „Van Etten, ein Student der Universität zu Pont à Mousson", ein unterhaltendes, mathematische, physikalische usw. Dinge behandelndes Buch heraus: Récréations mathématiques, Rouen. In diesem wurde außer den in Herons Druckwerken beschriebenen Anwendungen der Dampfkraft auch die Dampfkanone von Bourgeois (vgl. S. 32) vorgeführt[33].

Abbildung 17.

Giovanni Brancas Antrieb eines Walzwerkes durch warme Luft.

Um diese Zeit brachte C o r n e l i u s   D r e b b e l (geb.
1572 zu Alkmaar, gest. 1634 zu London) ein musikalisches

Instrument durch Flüssigkeit, auf welche die Sonne einwirkte, zum Tönen[34].

Das Jahr 1629 bildet einen wichtigen Merkstein in der Geschichte der Dampfmaschine. In diesem Jahre veröffentlichte G i o v a n n i B r a n c a sein mit zahlreichen höchst anschaulichen Abbildungen ausgestattetes Buch „Le Machine", dessen mit den Bildnissen Vitruvs und Archimedes geziertes Titelbild wir in Abb. 16 wiedergeben.

Aus diesem Werke Brancas sind für die Geschichte der Dampfmaschine die Figuren 2 und 25 von Wichtigkeit.

In Figur 2, die in Abb. 17 wiedergegeben ist, stellt Branca ein Walzwerk dar, das durch die Abhitze eines Schmiedefeuers angetrieben wird.

Branca beschreibt dieses Warmluftrad wie folgt: „In jener Figur 2 wird ein Verfahren gezeigt, um eine Stange Goldes, Silbers oder sonst eines Stoffes auszuwalzen, sowie Medaillen, Münzen und dergleichen mit einem Aufdruck zu versehen. Zunächst sieht man einen Handwerker neben dem Schmiedefeuer M unter der Esse L K H G auf dem Amboß T den Hammer schwingen.

Die Esse läßt in der dargestellten Ausführung die warme Luft nach oben hin austreten und versetzt hierbei das Rad I in Drehung, durch dessen Bewegung die Triebe N P R und von diesen die Räder O Q F und die Welle A gedreht werden. Letztere liegt konzentrisch zu dem Rade F. Hier nun kann ein zweiter Handwerker je nach Wunsch den Metallstab E entweder auswalzen oder mittels der Preßansätze B und C mit Aufdrucken versehen."

Die in Figur 25 dargestellte, in Abb. 18 wiedergegebene Vorrichtung hat Jahrhunderte hindurch geschlummert. Erst als die Elektrotechnik ihren Siegeszug durch die Welt vollzog und für den Antrieb der Dynamomaschine schnell laufende Kraftmaschinen verlangte, ist sie durch P a r s o n s und L a v a l gegen Ende des 19. Jahrhunderts in Gestalt der D a m p f t u r b i n e zu neuem Leben erwacht und zu einer anfangs nicht geahnten Verbreitung, auch außerhalb der Elektrotechnik, insbesondere im Schiffswesen, gelangt.

Abbildung 18.

Giovanni Branca's Dampfrad.

Giovanni Branca beschreibt sein Dampfrad wie folgt: „Aus jeder Abbildung lassen sich die besten Grundlagen und Grundsätze für den jeweilig vorliegenden Zweck ableiten. Figur 25 stellt eine Vorrichtung dar, um Stoffe, die zur Herstellung von Pulver dienen, zu zermalmen. Wunderbar ist aber der Motor dieser Vorrichtung, der in einem metallenen Kopfe besteht, der mit A bezeichnet ist, durch die Öffnung B mit Wasser gefüllt und auf den mit brennenden Kohlen angefüllten Herd C gesetzt ist. Der Kopf kann nun nach keiner anderen Richtung hin ausatmen als durch seinen Mund D. So wird er denn einen so starken Hauch von sich geben, daß er das Schaufelrad E samt dem Rade G, dem Triebe H, dem Rade I, dem Triebe K, dem Rade L und die mit diesem verbundene Walze in Drehung versetzt. Auf dieser Walze sind die beiden Hebedaumen N und O angebracht, die abwechselnd die durch P geführten Stempel anheben, die dann die in den Gefäßen M befindlichen Stoffe zertrümmern."

Das Jahr 1630 bringt das erste auf eine Dampfmaschine bezügliche englische Patent. In der zugehörigen Urkunde ist im Gegensatz zu den vorhergehenden Patentschriften ausdrücklich angegeben, daß es sich um die Ausnutzung des Feuers oder, mit anderen Worten, des Dampfes zur Leistung von Arbeiten handelt.

Dieses Patent trägt die Nr. 50 und ist unter dem 21. Januar 1630 dem bereits als Mitinhaber der Patente Nr. 6 und Nr. 21 genannten David Ramsey erteilt.

Das Patent ist außerordentlich vielseitig und betrifft:

1. die Herstellung von Salpeter,

2. das Heben von Wasser aus tiefen Gruben durch Feuer,

3. den Antrieb von Mühlen an stehenden Gewässern durch ständige Bewegung, ohne Benutzung von Wind, Bedienungsmannschaften oder Pferden,

4. die Herstellung von Teppichen ohne Webstuhl,

5. die Herstellung von Schiffen, Booten und Barken, die sich gegen starken Sturm und Strömung fortbewegen,

6. die Erhöhung der Fruchtbarkeit des Erdbodens,

7. die Hebung des Wassers aus tiefgelegenen Orten und Kohlengruben auf eine neue Art,

8. das Weichmachen von Eisen und Kupfer,

9. das Bleichen von Wachs.

Im Jahre 1633 wurden die von uns bereits erwähnten „Récréations mathématiques" L e u r e c h o n s durch O u g h t r e d ins Englische übersetzt[35]. Hier wurden die Äolipilen als Hilfsmittel beim Metallschmelzen vorgeschlagen.

Vielleicht ist diese Veröffentlichung der Anlaß zu dem englischen Patent Nr. 71 gewesen, das unter dem 24. Juni 1634 an A r n o l d R o t s i p e n erteilt wurde. Dasselbe betrifft außer verschiedenen auf anderen Gebieten liegenden Erfindungen e i n e n m e c h a n i s c h e n H a m m e r (hammer Mill), d e r d u r c h W a s s e r d a m p f o d e r d u r c h e i n P f e r d a n g e t r i e b e n w i r d u n d g e s t a t t e t, m e h r o d e r m i n d e r s t a r k e S c h l ä g e a u s z u ü b e n, obgleich der Antrieb stets mit der gleichen Geschwindigkeit erfolgt. Dieses wichtige Patent ist in den Abridgements auffallenderweise nicht enthalten.

Um diese Zeit vollzog sich jener große Fortschritt in der Kenntnis des Luftdrucks, der an die Namen G a l i l e i, T o r r i c e l l i, P a s c a l und O t t o v. G u e r i c k e geknüpft ist und fruchtbringend auf die Entwicklung der Anwendung der Dampfkraft — wenn auch nicht sofort erkennbar — einwirkte.

Im Jahre 1643 veröffentlichte der Jesuitenpater A t h a n a s i u s   K i r c h e r in dem Buche „De arte magnetica" eine Verbesserung des Brancaschen Schaufelrades. Dieselbe bestand im wesentlichen darin, daß auf das Rad an Stelle eines einzigen Dampfstrahles deren zwei zur Einwirkung gebracht wurden[36].

1648 empfahl der Bischof W i l k i n s in der Mathematical Magic die von Cardanus verbesserte Äolipile (vgl. S. 28) zum Läuten der Kirchenglocken und zum Antrieb von Musikwerken, zum Garnhaspeln, zum Schaukeln von Kinderwiegen und zum Drehen von Bratspießen.

Im Jahre 1650 treffen wir auf ein Schriftstück, das von demjenigen Manne herrührt, der gleichsam ein englisches Gegenstück zu Salomon de Caus bildet, indem ihm von zahlreichen englischen Geschichtsforschern das Verdienst zugeschrieben wird, die erste als Dampfmaschine anzusprechende Vorrichtung erfunden und in praktische Benutzung genommen zu haben. Es ist dies E d w a r d S o m e r s e t ,   M a r q u i s   o f   W o r c e s t e r. Einer reichen Aristokratenfamilie angehörig, war Worcester ein Gegner Cromwells. Als dieser die königlichen Truppen besiegte, ging Worcester im Jahre 1648 seiner Besitzungen verlustig und mußte nach Frankreich flüchten, wo er sich mehrere Jahre hindurch aufhielt. König Karl II. hoffte auf die Beihilfe Ludwigs XIV. Dem widersetzte sich aber der Kardinal Mazarin, und es blieb Karl II. nichts anderes übrig, als Vermittler nach England zu senden, die seine Rückkehr auf den englischen Thron einleiten sollten. Als ein solcher Vermittler ging auch der Marquis of Worcester nach England, wurde aber auf Parlamentsbeschluß vom 28. Juli 1652 dem Tower als Gefangener zugeführt. Hier nahm er seine schon von Jugend auf betriebene Beschäftigung mit mechanischen Künsten wieder auf und brachte eine Anzahl von ihm gemachter Erfindungen zu Papier. Dieser unfreiwillige Aufenthalt dürfte bis etwa zum Juni 1655 gewährt haben. Hier nun verfaßte er die erste Niederschrift eines Buches: „Ein Hundertvoll der Namen und Beispiele solcher Erfindungen, von denen ich mich erinnere, daß ich sie versucht und vervollkommnet habe". Diese Schrift kam aber erst im Jahre 1663 in die allgemeine Öffentlichkeit. Am 15. November 1661 erhielt der Marquis of Worcester das Patent Nr. 131. Dasselbe betrifft:

1. eine Uhr ohne Schnur und Kette,

2. Schnelladekanonen und Pistolen,

3. eine Vorrichtung, um durchgehende Pferde ohne Gefahr von dem Wagen loszulösen,

4. ein Schiff, das gegen den Strom und gegen den Wind geht.

Die hier unter Nr. 4 aufgeführte Erfindung ist von verschiedenen Geschichtsforschern, z. B. Woodcroft, dahin ausgelegt, daß sie sich auf ein Dampfschiff beziehe. Hierfür bietet aber die Patentschrift Nr. 131 keinerlei Anhalt. Hieraus scheint sich vielmehr zu ergeben, daß es sich um eine eigenartige Benutzung der Kraft des Windes handelt, die auch zum Be- und Entladen von Schiffen benutzt werden sollte.

Im Jahre 1659 gab Jakob Dobrzenski ein größeres reich illustriertes Buch Nova et amaenior de admirando fontium genio Philosophia heraus, in welchem in Anlehnung an Heron von Alexandrien eine Anzahl hydraulischer Apparate, u. a. auch eine Vorrichtung, um Wasser durch die Kraft erwärmter Luft zu heben, beschrieben wird.

Nunmehr sind zwei Patente bemerkenswert, die im Verlaufe des Jahres 1662 erteilt wurden. Dieselben enthalten zwar keine Angaben, aus denen hervorgeht, daß es sich um die Anwendung der Dampfkraft handelt, die jedoch derart abgefaßt sind, daß sie dahin gedeutet werden können, daß es sich um eine solche handelte.

Das erste dieser beiden Patente ist am 12. März 1662 an Ralph Waine unter Nr. 135 verliehen. Als Gegenstand des Patents ist angegeben: eine Maschine mit perpetuierlicher Selbstbewegung, die ohne Hilfe einer Person oder einer Kreatur nicht nur weite Flächen Landes von großen Wassermengen trocken legt, sondern auch Bergwerke von mehr als 50 Fathoms Tiefe

Das zweite Patent trägt die Nummer 139 und ist am 17. September 1662 an Thomas Togoo erteilt. Dasselbe betrifft eine Erfindung, neue Schiffe zu bauen, die ohne Hilfe von Wind und Strömung fahren, und eine neue Erfindung zum Heben von Wasser mit Wassersaugern, die eine besondere Anwendung finden können, sowie die Entwässerung von Bergwerken, die mit Hilfe der bisher bekannten Maschinen nicht erreicht werden kann. Im Jahre 1663 erschien die bereits erwähnte Schrift des Marquis of Worcester: „Ein Hundertvoll Namen und Beispiele von Erfindungen". Der vollständige Titel dieser von den einen in den Himmel gehobenen, von den anderen als Ergebnis hohler Prahlerei verschrieenen Druckschrift lautet:

„Ein Hundertvoll der Namen und Beispiele von denjenigen Erfindungen, von denen ich mich entsinnen kann, sie versucht und ausgebildet zu haben, welche ich (da meine früheren Niederschriften verloren gegangen sind) auf inständiges Ersuchen eines machtvollen Freundes im Jahre

1655 versucht habe, in einer solchen Weise niedergelegt habe, daß ich mich aus ihnen derart unterrichten kann, daß ich imstande bin, die eine oder andere praktisch auszuführen. Artis et Naturae proles. London. Gedruckt bei J. Grismond im Jahre 1663." Das Buch ist dem englischen König und dem Parlament gewidmet.

Unter den hundert verschiedenen, zum großen Teil nur andeutungsweise aufgeführten Erfindungen befinden sich u. a. folgende: Verstellbarer Stempel (Nr. 1), Abfeuern von Kanonen bei Nacht wie bei Tage (Nr. 8), eine Höllenmaschine (Nr. 9), die so klein ist, daß man sie in der Tasche tragen kann, und die, im Innern des größten Schiffes angebracht, zu einer bestimmten Minute, selbst nach Verlauf einer Woche, bei Tag oder Nacht das Schiff unfehlbar zum Sinken bringt. Nr. 10 bezieht sich auf das Tauchen, um von einer eine Meile entfernten Stelle aus die unter Nr. 9 erwähnte Höllenmaschine an dem Schiffe anzubringen. Unter Nr. 11 wird dann ein Mittel angegeben, um ein Schiff vor jenen Höllenmaschinen zu bewahren. Ein Verfahren (Nr. 15), ein Boot zu bauen, das von selbst ohne Hilfe eines Menschen oder eines Tieres gegen Wind und Strömung fährt; ein Meeresschloß (Nr. 16) oder -festung kanonenschußsicher zu machen, das auch innerhalb einer Stunde bei 1000 Mann Besatzung in drei Schiffe verwandelt werden kann. Ein auf der Themse schwimmender Blumengarten (Nr. 17). Eine Wasserhebevorrichtung (Nr. 21). Bewegung von Lasten mit geringem Kraftaufwande (Nr. 27). Eine Repetierpistole (Nr. 58). Als Anwendungsarten des Dampfes kommen nur die unter Nr. 68, 98 und 100 beschriebenen Vorrichtungen in Frage.

Unter Nr. 68 heißt es: „Eine merkwürdige und sehr kräftige Art, Wasser zu heben, und zwar nicht in der Weise, daß es hinaufgedrückt oder hinaufgesaugt wird, denn dies ist, wie die Philosophen sagen, nur intra sphaeram activitatis, d. i.

innerhalb enger Grenzen möglich. Der hier beschriebene Weg kennt keine Grenzen der Wirkung, sofern nur die dabei benutzten Gefäße stark genug sind. Ich nahm ein Kanonenrohr, von dem an dem einen Ende ein Stück abgesprungen war, füllte dessen Hohlraum zu drei Viertel mit Wasser, verschloß das Mundloch und das Zündloch sorgfältig mittels Schrauben. Nunmehr brachte ich ein starkes Feuer unter das Kanonenrohr, das dann nach 24 Stunden mit lautem Krach zerbarst. So hatte ich auf diese Weise ein Verfahren erkannt, um meine Gefäße so herzustellen, daß sie nacheinander mittels der in ihnen aufgespeicherten Kraft gefüllt werden können.

Ich habe gesehen, wie das Wasser gleich dem ständigen Strahl eines Springbrunnens 40 Fuß hochstieg. Ein Gefäß, das Wasser enthielt, das durch Feuer verdünnt wurde, trieb vierzig Gefäße kalten Wassers empor. Und ein Mann, der die Vorrichtung bedient, braucht nichts weiter zu tun, als zwei Hähne zu drehen, damit wenn das in dem einen Gefäß enthaltene Wasser verbraucht ist, ein anderes Gefäß zu arbeiten und sich mit kaltem Wasser zu füllen beginnt usw. Erforderlich ist, daß das Feuer gleichmäßig unterhalten wird. Dieses kann aber durch ein und dieselbe Person besorgt werden, und zwar zwischen der Drehung der erwähnten Hähne."

Unter Nr. 98 heißt es: „Eine so ersonnene Maschine, daß, wenn der bewegliche Teil („primum mobile") vorwärts oder rückwärts, aufwärts oder abwärts, im Kreise oder winklig, hin und her, gerade, senkrecht sich bewegt, die angestrebte Wirkung ständig vor sich geht, ohne daß eine der vorgenannten Bewegungen die andere hindert oder vermindert. Alle Bewegungen vereinigen sich vielmehr, um der Vorrichtung Kraft in erhöhtem Maße zuzuführen. Und daher nenne ich diese Maschine eine ‚halballmächtige Maschine' (A Semi-omnipotent Engine). Ein Modell derselben soll mir dermaleinst in das Grab mitgegeben werden."

Unter Nr. 100 macht dann der Marquis of Worcester folgende Ausführungen:

„Durch das merkwürdige Hilfsmittel, welches die beiden zuletzt genannten Erfindungen darbieten, ist nun von mir nach jahrelangem Arbeiten ein Wasserwerk ausgeführt worden, mit dessen Hilfe mit der Kraft eines Kindes eine unglaubliche Menge Wassers 100 Fuß hoch gehoben werden kann, und zwar sogar in einem Rohre von zwei Fuß Durchmesser. Und dies geht so natürlich vor sich, daß die Maschine noch nicht einmal in dem benachbarten Raum gehört wird, und so leicht und einfach, daß, wenn die Maschine selbst während eines ganzen Jahres Tag und Nacht in Tätigkeit wäre, die Reparaturen noch nicht 40 Schillinge kosten und keinen Tag erfordern würden.

Ich kann daher diese Maschine mit Kühnheit das bewundernswerteste Werk der ganzen Welt nennen. Dieselbe vermag nicht nur mit kleinem Aufwande alle Sorten von Bergwerken zu entwässern, sondern auch selbst hochgelegene Städte mit Wasser zu versorgen. Hierbei läßt sie das Wasser durch die Straßen laufen und übernimmt demnach auch das Amt der Straßenreiniger. Auch liefert sie den Einwohnern für ihre Privatzwecke Wasser in genügender Menge. Sodann versorgt sie Flüsse mit derartigen Wassermassen, daß sie schiffbar sind und bleiben von einer Stadt zur anderen.

Und so hebt sie die Verhältnisse mit vermehrtem Vorteil, Nutzen, Bewunderung und Stetigkeit. Daher glaube ich denn auch wohl mit Recht, daß durch diese Erfindung meine Arbeiten gekrönt werden und daß sie mich für alle meine gehabten Aufwendungen entschädigen wird, so daß ich nicht mehr gezwungen bin, meine Gedanken auf weitere neue Erfindungen zu richten.

Hiermit ist das Hundert voll, und ich will den Leser nicht weiter ermüden, denn ich habe die Absicht, der Nachwelt ein Werk zu schenken, in welchem unter allen den behandelten Kapiteln angegeben werden soll, wie die genannten Erfindungen ausgeführt werden können, und zwar unter Beifügung von Kupferstichen.

In bonum publicum.

In Majorem Dei Gloriam."

Dieses vom Marquis of Worcester der Nachwelt verheißene Werk ist nicht zur Ausführung gekommen. Wohl aber hat Henry Dircks es unternommen, die hundert Erfindungen nach Kräften zu erklären[37].

Die Nachwelt hat mehrfach den Versuch unternommen, die unter Nr. 68 des Centurys angegebene Maschine zu rekonstruieren.

Die Abb. 19 stellt die vermutliche Anordnung der Worcesterschen Wasserhebemaschine nach La Cour und Appel dar[38]. Wir sehen hier links das Gefäß, in dem der Dampf entwickelt wird, der dann in das rechts stehende Gefäß geleitet wird und aus diesem das Wasser in einem Steigrohr empordrückt.

Wie Salomon de Caus so ist auch der Marquis of Worcester als Erfinder der Dampfmaschine poetisch verherrlicht worden, und zwar in Bulwers „The last of the Barons".

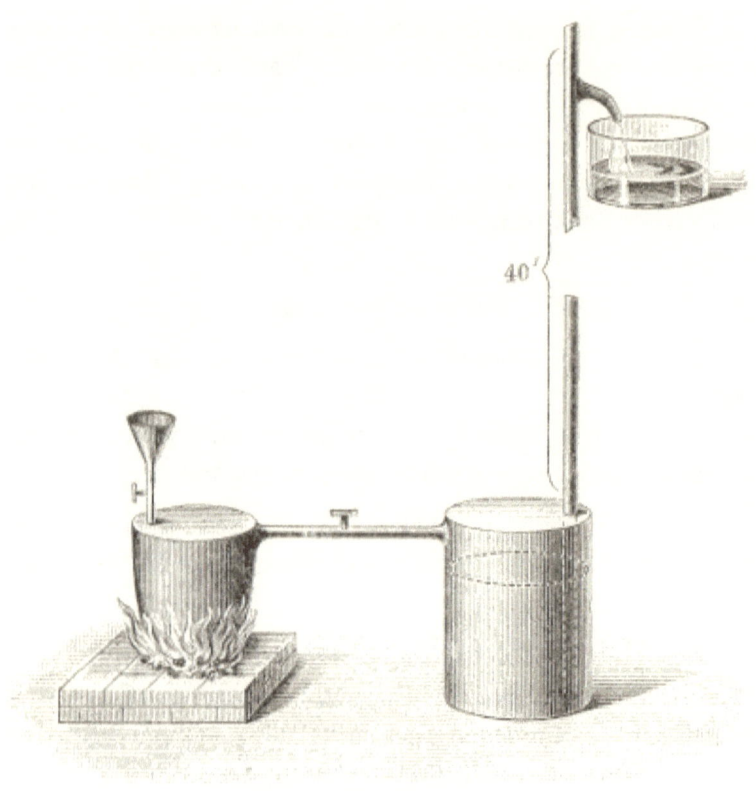

Abbildung 19.

Wasserhebemaschine des Marquis of Worcester.

Nach La Cour und Appel.

Des Marquis of Worcester „Century of Inventions" ist in Handschrift unter den Harleian Papers im Britischen Museum erhalten und trägt hier die Sammlungsnummer 2428. Sie wurde, wie wir bereits mitteilten, zuerst im Jahre 1663 veröffentlicht. Im Jahre 1746 erfolgte ein Neudruck, bei welcher Gelegenheit man in Desaguliers den Verfasser vermutete. Eine spätere Ausgabe aber erfolgte zu Glasgow im Jahre 1767, nachdem James Watt seine Erfindungen begonnen hatte. 1786 erfolgte zu London ein dritter Abdruck und im Jahre 1813 ein vierter zu Newcastle durch

John Buddle. Schließlich veröffentlichte Henry Dircks das Century als Appendix zu seinem von uns zitierten Buche über Leben, Zeitalter und Arbeiten des Marquis of Worcester.

Die Abridgements of Specifications relating to the Steam Engine (London 1871) berichten, daß der Marquis of Worcester unter dem 3. Juni 1663 durch Parlamentsakte auf seine Wasserhebemaschine ein Privileg erhielt. Dasselbe ist in der im Jahre 1857 veröffentlichten Sammlung englischer Patente nicht enthalten und bezweckte, „Edward Marquis of Worcester in den Stand zu setzen, die von ihm erfundene Wasserhebemaschine auszunutzen". In der Einleitung heißt es: „Edward Marquis of Worcester hat Seiner Majestät dem König die Versicherung gegeben, daß er auf Grund langer und unermüdlicher Anstrengungen und Eifers und unter erheblichen Aufwendungen ein Naturgeheimnis aufgedeckt habe, nämlich eine Wasserhebemaschine von größerer Stärke und größeren Vorzügen, als man bisher kannte. Diese Maschine ist keine Pumpe oder Kraftmaschine (force), wie sie jetzt im Gebrauch sind, noch ein Werk, das mit Saugern, Eimern oder Balgen arbeitet, wie man sie bisher zum Heben und Transportieren von Wasser benutzt hat, welche Maschine der Allgemeinheit einen großen Nutzen gewähren wird. Und da nun der Marquis of Worcester gewillt und bereit ist, Sr. Majestät den zehnten Teil des ihm daraus erwachsenden Nutzens zu überlassen, soll ihm allein die Benutzung seiner Erfindung für 99 Jahre gewährt werden.

Sollte jemand die Maschine nachahmen oder benutzen, so soll die betreffende Maschine dem Marquis verfallen sein. Und für jede Stunde, die jemand ohne Erlaubnis des Marquis die Maschine benutzt, soll dieser mit 5 Pfund Sterling bestraft werden. Dem Marquis wird aufgetragen, bis zum 29. September 1663 ein Modell seiner Maschine dem

Lord Treasurer einzureichen."

Nachdem dieses Privilegium erteilt worden war, machte ein alter Diener des Marquis namens J a m e s R o l l o c k die Mitteilung, daß dieser beabsichtige, ein Wasserwerk nach seinem System zu erbauen. Dieser James Rollock war 40 Jahre lang der Augenzeuge der Bemühungen des Marquis gewesen, die darauf abzielten, eine brauchbare Wasserhebemaschine zu schaffen. Im Zusammenhange mit dieser Mitteilung James Rollocks scheint eine alsbald vom Marquis veröffentlichte Schrift zu stehen: „Eine vollkommene und wahre Beschreibung einer überraschenden Wasserhebemaschine"[39].

Nach dieser Schrift befanden sich an dieser Maschine im wesentlichen folgende Teile:

1. ein vollkommenes Gegengewicht für jede beliebige Menge von Wasser;

2. ein vollkommener Ausgleich (countervail) für jede Höhe, auf welche das Wasser gefördert werden soll;

3. ein beweglicher Teil (primum mobile), der sowohl die Förderhöhe als auch die Fördermenge beherrscht;

4. ein Ersatz oder Gegenwert, welcher die Stelle und Arbeit der vollen Kraft eines Mannes, des Windes, eines Tieres oder eines Wasserrades leistet;

5. eine Steuerungsvorrichtung mit Griffen, durch welche ein Kind die ganze Arbeit der Maschine leiten, regulieren und kontrollieren kann;

6. ein besonderer Behälter für Wasser, entsprechend der gewünschten Wassermenge oder Förderhöhe;

7. eine Wasserleitung, geeignet für die gewünschte Wassermenge und Förderhöhe;

8. ein Raum für das Quell- oder Flußwasser, wohinein

dieses läuft und sich selbsttätig mit dem aufsteigenden Wasser vereinigt, und zwar am unteren Ende der genannten Wasserleitung, mag diese auch noch so hoch und weit sein;

„Dies ist", so fügt der Marquis hinzu, „durch die göttliche Vorsehung und durch himmlische Eingebung meine wunderbare Wasserhebemaschine, die weder an eine gewisse Förderhöhe noch an eine bestimmte Fördermenge gebunden ist."

La Tour und Appel berichten in ihrer von uns bereits mehrfach zitierten „Physik auf Grund ihrer geschichtlichen Entwicklung", daß sich in den hinterlassenen Papieren des Marquis of Worcester die Niederschrift eines Dankgebetes gefunden hat, das er verfaßte, nachdem er seine Maschine in Tätigkeit gesetzt hatte und sich mit eigenen Augen von dem Erfolg überzeugen konnte. Dieses Gebet lautet:

„O unendlicher und allmächtiger Gott, Deine Barmherzigkeit hat keine Grenzen. Deine Weisheit ist unermeßlich und unerschöpflich. Ich danke Dir zuerst, daß Du mich erschaffen und mir Heil hast widerfahren lassen. Dann aber sage ich Dir aus dem Innersten meines Herzens demütigen Dank dafür, daß Du mir Einsicht in ein Geheimnis vergönnt hast, welches so groß und für alle Menschen so wertvoll ist wie meine Wasserhebemaschine. Bewahre mich nun davor, o Herr, daß meine Kenntnis dieser und vieler seltenen und unvergleichlichen Erfindungen, Einrichtungen und Versuche mich aufgeblasen mache, sondern züchtige mein hochmütiges Herz, indem Du mich meine unwissende schwache und unwürdige Natur erkennen lässest, die von allem Bösen versucht wird."

Im Jahre 1663 hatte Worcester in seiner zu Vauxhall belegenen Werkstatt ein Modell seiner Wasserhebemaschine angefertigt und König Karl II. zu dessen Besichtigung eingeladen[40].

Sodann hatte er eine Maschine in größerem Maßstabe in Vauxhall für die Wasserversorgung Londons aufgestellt. Am 3. April 1667 verstarb Worcester in London und wurde in der Familiengruft zu Raglan feierlich beigesetzt. Die Maschinenanlage zu Vauxhall war noch im Jahre 1669 im Betriebe. In diesem Jahre wurde sie vom Prinzen Cosimo, dem Sohn des Großherzogs Ferdinand II. von Toskana, besichtigt. In dem Tagebuche, das Magalotti, der Begleiter des Prinzen, geführt hat, heißt es[41]:

„Damit Seine Hoheit den Tag nicht mit unnützen Dingen zubringe, besuchten wir den anderen Teil der Stadt und sahen hier in einem Garten in der Nähe des Palais des Erzbischofs von Canterbury eine hydraulische Maschine, die vom Lord Somerset, Marquis of Worcester, erfunden ist. Sie hebt Wasser 40 Fuß hoch und wird von einem einzigen Mann bedient. In sehr kurzer Zeit füllt sie durch ein Rohr, welches nur ½ Fuß Durchmesser hat, einen Behälter mit Wasser. Man sagt, sie sei nützlicher als eine andere Maschine im Somersethause, die von zwei Pferden in Bewegung gesetzt wird."

Die Witwe des Marquis bemühte sich nach dem Tode ihres Gatten noch eine Zeitlang um die Ausnutzung der Erfindung, gab jedoch alsbald aus Rücksicht auf ihr Geschlecht und ihren Stand weitere Schritte auf.

B o y l e hatte bereits im Jahre 1660 die Beobachtung gemacht, daß lauwarmes Wasser siedet, wenn die auf ihm lastende Luftsäule durch eine Luftpumpe entfernt wird.

Auch H u y g e n s wendete sich der Untersuchung des Luftdrucks zu; hierdurch wiederum wurde Dionysius Papin im Jahre 1674 veranlaßt, eine Druckschrift über die von ihm angestellten Versuche und eine von ihm verbesserte Luftpumpe zu veröffentlichen. In das Jahr 1674 fällt auch die Erteilung des englischen Patents Nr. 175 vom 14. März genannten Jahres. Dasselbe läßt allerdings nicht erkennen, ob es sich um eine Ausnutzung der Dampfkraft handelt. Es ist aber um deswillen interessant, weil es dem S i r S a m u e l M o r l a n d erteilt ist, der sich später um die Ausgestaltung der Dampfmaschine nicht unwesentliche Verdienste erworben hat. Als Gegenstand des Patents wird angegeben: einige Maschinen, um große Wassermengen mit geringerem Kraftaufwand zu heben, als es jetzt mit Hilfe von Ketten- und anderen Pumpen möglich. Nach Farey ist Morland auch der Erfinder des Gangspills, des Sprachrohres, der Plungerpumpe und einer Rechenmaschine.

Im Jahre 1678 machte der Abbé H a u t e f e u i l l e den Vorschlag, die bei dem Verbrennen des Schießpulvers sich bildenden Gase als treibende Mittel zu benutzen. Der erste Vorschlag ging dahin, die Pulvergase zu kondensieren und durch das hierbei sich bildende Vakuum Wasser anzusaugen; nach dem zweiten Vorschlage sollten die Pulvergase auf die Oberfläche des in einem geschlossenen Gefäß enthaltenen Wassers drücken und dieses Wasser in ein anderes Gefäß emporheben; nach dem dritten Vorschlage sollten die Gase einen Kolben in eine hin und her gehende Bewegung versetzen[42].

In demselben Jahre machte B o y l e eine Anzahl von Versuchen mit Äolipilen, bei denen er zu dem Ergebnis kam, daß nur die im Dampf enthaltenen Wasserteilchen kondensierbar seien, daß aber die Luft nicht in Flüssigkeit verwandelt werden könne.

In das Jahr 1679 fällt wiederum ein auf das Heben von Wasser erteiltes Patent. Dasselbe trägt die Nr. 208 und ist unter dem 23. Mai G e o r g e B u r t o n, S i l v e s t e r P l o t t und J o h n D e i g h t o n auf ein Mittel oder ein Verfahren erteilt, „um durch Wasserkraft („Hydragogie") in Röhren, Maschinen und Gefäßen Wasser höher zu heben, als es bis jetzt in den Londoner Maschinenhäusern und in England möglich ist."

———

Von Dionysius Papin bis James Watt.

Wir wenden uns nunmehr dem zweiten Abschnitt der vor James Watt liegenden Entwicklung der Dampfmaschine zu. Derselbe steht durchaus im Namen D i o n y s i u s (D e n i s) P a p i n s. Er unterscheidet sich von dem ersten, Jahrtausende umfassenden Abschnitt dadurch, daß an die Stelle des Tastens und unsicheren Suchens allmählich ein zielbewußtes, auf das gewissenhaft ausgeführte und zutreffend beurteilte Experiment gestütztes Streben tritt.

Wohl war das Ventil, der in dem Zylinder bewegliche Kolben, die Expansions- und Druckkraft des Dampfes und die Kondensation des Dampfes bekannt. Auch war bereits der Vorschlag gemacht worden, die Expansionskraft des explodierenden Pulvers zur Bewegung eines Kolbens zu benutzen. Allen diesen Tatsachen gegenüber, von denen übrigens nicht feststeht, inwieweit sie Papin bekannt waren, besteht dessen großartiges Verdienst darin, daß er den ersten erfolgreichen Schritt auf dem Wege zur Herstellung der Dampfmaschine im Sinne der Jetztzeit tat.

Nachdem Papin, wie wir auf S. 57 berichteten, sich mit der Erforschung des Wesens des Luftdrucks beschäftigt hatte und das Ergebnis derselben in einer Huygens gewidmeten Schrift im Jahre 1674 niedergelegt hatte, ging er dazu über, auch die Natur des Wasserdampfes zu untersuchen. Die Ergebnisse dieser Arbeiten sind niedergelegt in der im Jahre 1681 in London erschienenen Schrift: „A New Digester or Engine for softning Bones, containing the Description of its Make and Use in Cookery, Voyages at Sea, Confectionary, Making of Drinks, Chymistry and Dying etc."

Der in dieser Schrift beschriebene Digester ist der bekannte in Abb. 20 dargestellte P a p i n s c h e T o p f Bis auf den heutigen Tag ist derselbe als sparsame und zweckdienliche Kochvorrichtung im Gebrauch, aufgebaut auf der Abhängigkeit des Siedepunktes vom Druck.

Für die Entwicklung der Dampfmaschine ist diese Schrift nicht nur wegen der erweiterten Kenntnis des Wesens des Wasserdampfes von hohem Wert, sondern auch um deswillen, weil hier, wie unsere Abbildung erkennen läßt, das so überaus wichtige Sicherheitsventil mit veränderlicher Belastung zuerst in die Erscheinung tritt. In Abb. 20 ist dasselbe mit L M N bezeichnet. Im Jahre 1681 machte Huygens den Vorschlag, die Gase des explodierenden Pulvers zum Auftrieb eines in einem Zylinder beweglichen Kolbens zu verwenden und alsdann die Gase zu kondensieren. Die Abwärtsbewegung des Kolbens sollte durch den Überdruck der Luft bewirkt werden[43].

Inzwischen ruhte auch in England die Erfindertätigkeit nicht. Das Jahr 1681 brachte die Gewährung zweier Patente, die, wenn auch nicht als Dampfmaschinenpatente benannt, dennoch von uns erwähnt werden müssen.

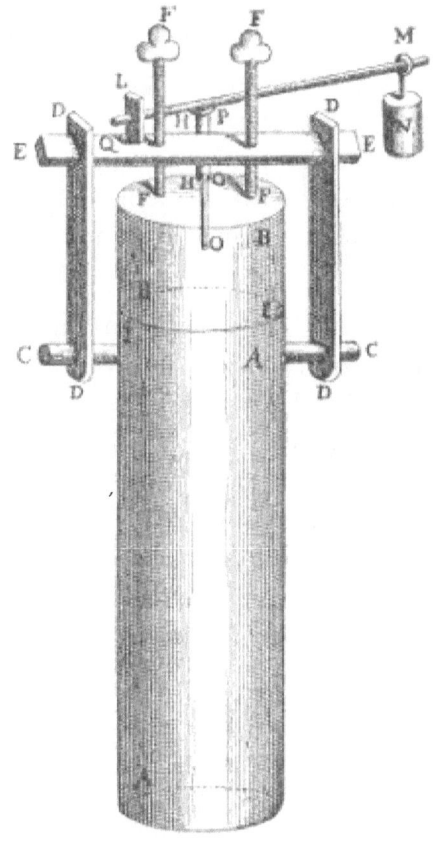

Abbildung 20.

Papinscher Topf.

Aus „A New Digester". London, 1681.

Es ist dies das Patent Nr. 212 vom 25. Juni 1681.
Dasselbe ist an William Pawley und Edward
Dallow erteilt und betrifft einen neuen Weg oder Kunst
zum Entwässern von Bergwerken. Das zweite Patent ist am
19. August 1681 unter Nr. 215 an John Joachim
Becher, Henry Serlę Henry Vincenţ John
Weale und Samuel Weale erteilt und betrifft eine
Maschine, um Wasser zu heben und in den größten Mengen

aus Bergwerken und aus den größten Tiefen hinauszufördern mit großem Erfolg und geringem Aufwand an Arbeit.

Im Jahre 1682 machte H a u t e f e u i l l e den bemerkenswerten Vorschlag, an Stelle der Pulvergase Alkoholdämpfe als Treibmittel für den Kolben zu benutzen. Der Alkohol sollte abwechselnd verdampft und kondensiert werden[44].

Auch in diesem Jahre wurden mehrere hier zu erwähnende englische Patente erteilt: Nr. 218 vom 12. Mai 1682 J o h n T r e d e n h a m, C h a r l e s V i v i a n, J o h n T h r e w r e n, W i l l i a m H a r r i s Eine neue Maschine, um Wasser auf leichtere und vorteilhaftere Weise zu heben als bisher, die sich zum Gebrauch für die Entwässerung der Zinngruben von Cornwall und anderer Bergwerke eignet; Nr. 219 vom 16. Juni 1682 R o b e r t A l d e r s e y: eine Maschine, um schneller und leichter Wasser aus den größten Tiefen zu heben.

Im Jahre 1683 verfaßte dann der bereits auf S. 57 erwähnte Sir Samuel Morland eine Schrift[45] über das Heben von Wasser durch Maschinen aller Art.

Diese Schrift wird im Manuskript in der Harleiansammlung des Britischen Museums zu London aufbewahrt. Hier heißt es:

„D i e P r i n z i p i e n d e r n e u e n K r a f t d e s F e u e r s, i m J a h r e 1 6 8 2 v o n d e m R i t t e r M o r l a n d e r f u n d e n u n d i m J a h r e 1 6 8 3 S e i n e r c h r i s t l i c h e n M a j e s t ä t u n t e r b r e i t e t

Wird Wasser mit Hilfe des Feuers verdampft, so nehmen diese Dämpfe sofort einen größeren Raum ein (ungefähr das Zweitausendfache), als das Wasser zuvor einnahm, und werden, wenn man ihnen keinen Ausweg bietet, sogar ein Kanonenrohr zersprengen. Werden sie aber nach der Lehre vom Gleichgewicht geleitet und nach den Regeln der Wissenschaft behandelt, so werden sie friedlich (wie gute Lastpferde) ihre Bürde tragen und auf diese Weise der Menschheit großen Nutzen stiften, insbesondere beim Heben von Wasser gemäß der folgenden tabellarischen Zusammenstellung, welche die Zahl von Pfunden angibt, die in einer Stunde 1800mal um 6 Zoll gehoben werden können mittels zur Hälfte mit Wasser gefüllter Zylinder".

Zylinder		Zu hebendes
Durchmesser in Fußen	Höhe in Fußen	Gewicht in Pfunden
1	2	15
2	4	120
3	6	405
4	8	960
5	10	1875
6	12	3240
	1	3240
	2	6480
	3	9740
	4	12960
Zahl der Zylinder von 6 Fuß	5	16200
Durchmesser und 12 Fuß Höhe	6	19440
	7	22680
	8	25920
	9	29160
	10	32400

Aus dem Gesagten geht hervor, daß Morland ziemlich umfangreiche Versuche angestellt hat. Wenngleich die

Wirkungsweise des Dampfes in den Zylindern nicht angegeben ist, so liegt doch die Auffassung nahe, daß Morland sich an die Vorrichtung des Marquis of Worcester angelehnt hat und daß das Wasser in die Zylinder hineingelassen und mittels des Druckes des Dampfes aus diesen hinausgepreßt wurde.

Während seines Aufenthaltes in Frankreich verfaßte dann Morland noch ein anderes größeres Buch über das Heben von Wasser. In diesem Buche ist aber nichts von der Verwendung der Dampfkraft enthalten.

Morland starb im Jahre 1696.

In den Jahren 1684–1687 führte Papin als Curator of Experiments der Londoner Royal Society zahlreiche Versuche aus, die sich zum Teil auf die Verwertung des Luftdrucks bezogen. Auf Grund dieser Versuche schlug er vor, in einem Zylinder einen Kolben auf- und abwärts verschiebbar anzuordnen und die unterhalb des Kolbens befindliche Luft durch eine Luftpumpe abzusaugen, infolgedessen dann der Kolben unter dem Überdruck der Atmosphäre abwärts bewegt wurde[46].

Da die Royal Society diesen Vorschlag nicht annahm, leistete Papin einem Ruf des Landgrafen Karl von Hessen als Professor der Mathematik an der Universität Marburg Folge.

Hier setzte er seine Versuche, eine Luftdruckmaschine zu erbauen, fort. Hierbei kam er bald auf den Plan, die von Huygens ausgenutzte Kraft der Pulvergase durch die Expansivkraft des Wasserdampfes zu ersetzen.

Seine diesbezüglichen Arbeiten wurden unter dem Titel „Nova methodus ad vires validissimas levi pretio comparandas" (Neues Verfahren, um die größten Kräfte auf billige Weise zu erzielen) im August 1690 in den „Actis Eruditorum" und in dem „Fasciculus dissertationum de novis quibusdam Machinis atque aliis argumentis philosophicis quorum seriem versa pagina exhibit authore Dionysio Papin" (Marburg 1695) veröffentlicht.

Hier geht Papin von der Beobachtung aus, daß bei den Pulvermaschinen unterhalb des Kolbens sich die zum Hinabdrücken des Kolbens erforderliche Luftleere nicht erzielen läßt. Er fährt dann wörtlich wie folgt fort:

„Ich habe daher versucht, denselben Erfolg auf einem anderen Wege zu erreichen: Da das Wasser die Eigenschaft besitzt, nachdem es durch Feuer in Dampf verwandelt ist, eine federnde (elastische) Kraft wie die Luft zu besitzen und später unter der Einwirkung von Kälte sich wieder so vollkommen in Wasser zu verwandeln, daß es keinerlei federnde Kraft mehr besitzt, glaubte ich, daß sich mit Leichtigkeit Maschinen bauen lassen, in denen das Wasser unter mäßigem Wärmeaufwand und mit geringen Kosten jene völlige Luftleere hervorbringt, die sich mit Hilfe des Schießpulvers niemals erzielen ließ. Unter allen denjenigen Vorrichtungen, die zu diesem Zwecke ersonnen werden können, scheint mir die nachstehend beschriebene am geeignetsten.

A A (Abb. 21) ist ein Rohr, das überall denselben lichten Durchmesser besitzt und an seinem unteren Ende dicht verschlossen ist. B B ist ein dem Rohre angepaßter Kolben. D D ist eine an dem Kolben befestigte Stange. E ist ein eiserner Stab, der um F drehbar ist. G ist ein elastisches Blättchen, das auf die Stange E derart drückt, daß diese in die Öffnung H der Kolbenstange D D hineingepreßt wird, sobald der Kolben und die Kolbenstange so weit in dem Zylinder nach oben gelangt sind, daß die Öffnung H der Kolbenstange oberhalb des Deckels II liegt. L ist ein im Kolben befindliches Loch, durch welches die Luft aus dem unteren Teile des Rohres A A entweichen kann, wenn der Kolben in dem Rohre nach unten gedrückt wird.

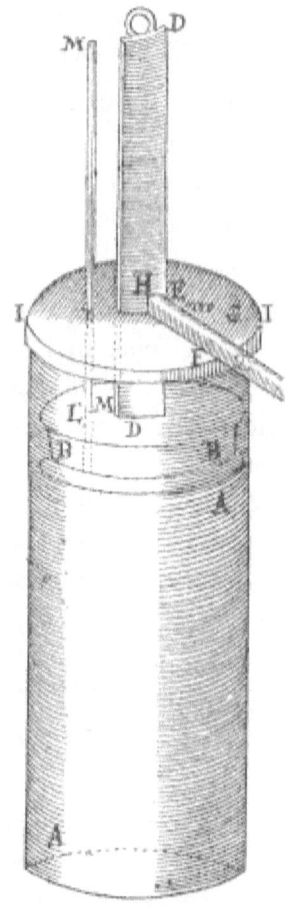

Abbildung 21.

Papins erste Dampfmaschine.

Aus: Fasciculus Dissertationum. Marburg 1695.

Die Benutzung der Maschine erfolgt nun in nachstehend beschriebener Weise: In das Rohr A A wird eine kleine Menge Wasser, etwa 3 bis 4 Linien hoch, eingebracht und der Kolben so weit abwärts geführt, daß eine Kleinigkeit des in den Hohlraum eingebrachten Wassers durch das Loch L empordringt. Hierauf wird dieses Loch L durch den Stab M M verschlossen. Hierauf wird der mit den erforderlichen Öffnungen versehene Deckel II aufgebracht, und nachdem man dann ein mächtiges Feuer angefacht hat, erwärmt sich das aus dünnem Metall hergestellte Rohr. Das in diesem enthaltene Wasser verwandelt sich in Dampf und übt einen so starken Druck aus, daß es den Druck der Atmosphäre überwindet und den Kolben BB so weit emporhebt, bis die Öffnung H der Kolbenstange DD über den Deckel gelangt und der Stab E mit einigem Geräusch von dem elastischen Blättchen G in die genannte Öffnung H hineingestoßen wird. Nun muß sofort das Feuer beseitigt werden. Die Dämpfe, die in dem dünnwandigen Rohre enthalten sind, werden unter dem Einfluß der Kälte in kurzer Zeit wieder in Wasser verwandelt. Der Stab E wird nun aus der Öffnung H hinausgezogen und gestattet also der Kolbenstange den Abstieg. Zugleich wird auch der Kolben BB unter dem vollen Druck der Atmosphäre nach unten gedrückt. Hierbei erfolgt diese beabsichtigte Bewegung um so energischer, je größer der lichte Durchmesser der Röhre ist. Es steht außer Zweifel, daß der Atmosphärendruck seine ganze Kraft in derartig ausgestatteten Röhren zu äußern vermag."

Papin ist also hier mit voller Absichtlichkeit dazu übergegangen, die Verdichtung des Dampfes und die dadurch bewirkte Luftleere zum Antrieb einer Kolbenmaschine zu benutzen.

Als Verwendungszweck seiner Maschine gibt Papin an: die Förderung von Wasser und Erz aus den Bergwerken, das Schleudern eiserner Kugeln auf weiteste Entfernungen hin, den Antrieb von Schiffen gegen den Wind Sonstige Möglichkeiten der Verwendung werden sich nach Papins Meinung von Fall zu Fall von selbst ergeben.

Papin hatte vor allem die Verwendung seiner Maschine

zum Antrieb von Schiffen im Auge. Er hatte nämlich während seines Londoner Aufenthalts ein dort auf Befehl des Pfalzgrafen Rupert erbautes Schiff gesehen, das mit Schaufelrädern ausgestattet war, die mittels eines durch Pferde bewegten Göpels angetrieben wurden. Dieses Schiff hatte die mit 16 Ruderern besetzte Barke des Königs an Schnelligkeit weit überholt. Papin schlug vor, die gezahnten Kolbenstangen von drei oder vier der von ihm erfundenen Zylinder in Zahnräder eingreifen zu lassen, die auf der Welle der Schaufelräder angebracht waren. Dieser Eingriff sollte abwechselnd geschehen, um ununterbrochen drehende Bewegung der Welle zu erzielen. Die Triebräder sollten sich, wenn die Kolben aufwärts gingen, auf der Achse lose drehen, um aber dann, wenn sie auf die Achse einwirken sollten, mittels Sperrklinken anzugreifen.

Papin erblickte die größte der Verwertung seiner Erfindung entgegenstehende Schwierigkeit in der Herstellung hinreichend großer Zylinder, glaubte aber, daß sich die Überwindung dieser Schwierigkeit bezahlt machen werde, da die Zylinder zu den verschiedensten Zwecken dienen könnten.

Des allgemeinen Interesses halber möge hier eingeschoben werden, daß sich Papin in der folgenden Zeit u. a. mit Erfolg dem Bau eines Unterwasserbootes widmete, der ihn bis zum Mai 1692 in Anspruch nahm. Um diese Zeit wendete sich Papin allmählich wieder der Dampfmaschine zu, indem er zunächst bestrebt war, Verbrennungseinrichtungen zu schaffen, die eine tunlichst weitgehende Ausnutzung der Brennstoffe ermöglichten. Die Anregung hierzu erhielt er von dem Grafen von Sayn-Wittgenstein.

Papin gelangte bei seinen Untersuchungen über das Wesen der Verbrennung fast 100 Jahre vor der Entdeckung des Sauerstoffes zu Auffassungen, die auch jetzt noch als für den Bau von Feuerungsanlagen maßgeblich gelten. Die zur vollständigen Verbrennung erforderliche Luftmenge wollte Papin mittels Zentrifugalventilators dem Brennstoff zuführen. Hierbei trug er schon dem Umstand Rechnung, daß ein Übermaß von zugeführter Luft schädlich wirken muß. Auch wärmte er die zugeführte Luft vor.

Weitere Anregungen erhielt Papin i n d e n J a h r e n 1 6 9 2 u n d 1 6 9 3 durch die Grafen Zinzendorf und Solms, deren Bergwerke außerordentlich unter dem Andrange von Wasser zu leiden hatten. Dem erstgenannten empfahl er die Aufstellung einer atmosphärischen Dampfmaschine.

Der Landgraf von Hessen beauftragte inzwischen Papin mit den verschiedenartigsten Versuchen und mit der Beantwortung der verschiedenartigsten Fragen. Eine im Jahre 1697 gestellte Frage bezog sich auf die Ursachen des Salzgehaltes der salzigen Quellen. Diese Frage konnte beantwortet werden, sofern es gelang, größere Mengen Wasser auf große Höhen zu heben. Hierzu aber erschien am geeignetsten die Gewalt des Feuers.

Inzwischen ließen die in England erteilten Patente erkennen, daß man auch dort den Vorrichtungen zum Heben von Wasser andauernd ein lebhaftes Interesse entgegenbrachte. Wenngleich aus den veröffentlichten Patentschriften nicht unmittelbar zu ersehen ist, daß sie die Verwendung der Dampfkraft betreffen, so ist doch die Art und Weise, in welcher die betreffenden Vorrichtungen gekennzeichnet werden, in hohem Maße geeignet, die Auffassung zu erwecken, daß es sich um Wasserhebevorrichtungen handelt, die sich in den Bahnen, die der Marquis of Worcester gewiesen hatte, bewegten.

Am 11. Januar 1692 erhielt T h o m a s G l a d w y n das Patent Nr. 287 auf eine neue Maschine, um Wasser (besser als mittels Kettenpumpen) aus Schiffen herauszupumpen, Feuer auf Schiffen und in Häusern zu löschen und Bergwerke zu entwässern.

Des weiteren sind hier folgende Patente zu nennen: Nr. 312 vom 31. Januar 1693, erteilt an M a r m a d u k e H u d g e s o n: ein Motor, Anlage oder Maschine, um Wasser und andere Flüssigkeiten in den größten Mengen zu heben und fortzuführen, und zwar aus den größten Tiefen zu den höchsten Höhen, ohne die Kräfte von Menschen, Pferden, Wind, Strömung zu benutzen. Nr. 321 vom 27. April 1693, erteilt an J o h n B u s h n e l l Verfahren, um Flüsse, Häfen, Kanäle usw., welche mit Sand und Schlamm angefüllt sind, auszuspülen. Nr. 324 vom 19. September 1693, erteilt an C o r n e l i u s L o s v e l t eine neue Maschine zum Heben von Wasser, Waren und anderen Dingen durch einen künstlichen Zufluß und Rückfluß (flux and reflux) von Wasser.

Nr. 327 vom 24. November 1693, erteilt an J o h n P o y n tz: Verschiedene Instrumente aus Holz, Eisen, Stahl und anderen Stoffen, um Wasser sowohl aus stehenden wie fließenden Gewässern zu heben und ständig im Lauf zu erhalten für Fabrikzwecke.

Nr. 338 vom 13. Dezember 1694, erteilt an N i c h o l a s B a r b o n: Neue Maschine und Verfahren, um Wasser aus der Themse oder anderen Flüssen, die innerhalb der Ebbe und Flut liegen, zu heben ohne Hilfe von Pferden oder anderen Tieren.

Nr. 348 vom 24. Januar 1696, erteilt an J o n e s: Eine Maschine, die an Leichtigkeit und Schnelligkeit und Kraft ihrer Bewegung alle bisher gebräuchlichen Maschinen zum Entwässern von Gruben, zum Betriebe von Gebläsen der Metallhammerwerke und Metallschmelzwerke übertrifft und verwendbar ist, um beim Fehlen von Windkraft und Wasserkraft die Nachteile der Windstille und des

Wassermangels von den Fabrikanlagen fernzuhalten.

Nr. 349 vom 6. März 1696, erteilt an S a m u e l
B u tt a l l: Ein neues Verfahren und Maschine, um Wasser
aus Gruben, Schiffen usw. durch Röhren zu entfernen.

Nr. 355 vom 19. Juli 1698, erteilt an J o h n Y a r n a l d
Maschine zum Entwässern von Bergwerken, Morästen usw.
und zur Wasserversorgung von Städten, Dörfern und
Häusern.

In demselben Jahre wurde ein Patent erteilt, das
ausdrücklich angibt, daß es sich um die Verwendung von
Feuer handelt, und das e i n e n M a r k s t e i n i n d e r
E n t w i c k l u n g d e r D a m p f m a s c h i n e b i l d e t
Dasselbe (Nr. 356) ist unter dem 25. Juli 1698 an T h o m a s
S a v e r y erteilt und betrifft „Eine neue Erfindung zum
Heben von Wasser und zur Hervorbringung von
Bewegung (Antrieb) für alle Arten von Fabriken durch die
T r i e b k r a f t d e s F e u e r ş welche von großer
Wichtigkeit sein wird für die Trockenlegung von
Bergwerken, zur Wasserversorgung von Städten und für
den Betrieb von Fabriken aller Art, welche sich keiner
Wasserkraft oder ständiger Kraft der Winde erfreuen".

Savery führte am 14. Juni 1699 der Royal Society ein
Modell seiner Maschine vor. Die Verhandlungen der
Gesellschaft (1699, Nr. 253, Bd. 21) berichten hierüber kurz
wie folgt: „Herr Savery unterhielt am 14. Juni 1699 die
Gesellschaft, indem er eine Maschine vorzeigte, die Wasser
mit Hilfe der Kraft des Feuers hob. Er erhielt den Dank der
Gesellschaft für seine Vorführung, die den Erwartungen
entsprach und Beifall fand."

Papin, der zu jener Zeit mit der Vervollkommnung
seiner Dampfmaschine beschäftigt war, erhielt, wie
Gerland[47] berichtet, von Dr. Slare aus London eine
briefliche Mitteilung, welche sich offenbar auf die Saverysche

Maschine bezog und im Gegensatz zu dem soeben Gesagten ausführte, daß in Gegenwart einer Parlamentskommission eine Maschine versucht worden sei, die Wasser mit Hilfe von Feuer hob, jedoch mit durchaus unzureichendem Erfolg.

Um nach Ablauf des auf 14 Jahre erteilten Patents nicht der Früchte seiner Arbeit verlustig zu gehen, erhielt Savery auf Antrag im Jahre 1699 jenes Patent durch Parlamentsakte auf weitere 21 Jahre verlängert.

Bevor wir auf die Saverysche Maschine des näheren eingehen, müssen wir noch einige Anwendungen der Dampfkraft für Zwecke der Bewegung anführen, die in das letzte Jahrzehnt des 17. Jahrhunderts fallen.

Diese sollen durch G r i m a l d i und P e r i e r a im Jahre 1694 zu Peking vor dem Kaiser Chang Hi erfolgt sein[48], und zwar zum Antrieb eines Wagens und eines Schiffes. Erstere geschah wie folgt: Auf einem leichten hölzernen Wagengestelle wurde ein Kohlenfeuer unterhalten, oberhalb dessen sich eine Äolipile befand, deren Dampfstrahl gegen ein Schaufelrad prallte und dieses in Drehung versetzte. Von diesem Rade führte eine Treibstange zu der einen Achse des Wagens, der hierdurch in Bewegung gesetzt wurde. Da für den Vorwärtsgang des Wagens genügender Raum nicht zur Verfügung stand, waren Einrichtungen getroffen, die den Wagen im Kreise fahren ließen. Das Schiff trug zwei Äolipilen, durch welche unter Vermittlung von Schaufelrädern, von denen je eins vor jeder Äolipile angebracht war, vier Ruderräder angetrieben wurden.

Im Jahre 1699 schlug G u i l l a u m e A m o n t o n s eine als „F e u e r r a d" benannte Rotations-Dampfmaschine vor. Dieselbe ist in Abb. 22 dargestellt und war nach Leupolds Theatrum Machinarum Generale (Leipzig 1724) § 397 wie folgt gedacht:

„A m o n t o n s Rad, durch Feuer, Wasser

und Lufft eine große Krafft und
Vermögen zu schaffen

Der Inventor ist der sonst durch seine besondere
Mechanische Erfindungen und Schrifften genugsam
bekannte A m o n t o n s, dessen bey der Friction schon
Meldung gethan worden. Er calculiret und gibt vor, daß
man mit dieser Machine so viel thun könne, als 39 Pferde
oder 234 Menschen, und daß sie aller Orthen und allezeit
einerley Effect behalte.

Die Beschreibung ist diese

A B D E F usf. sind metallene Kasten, welche aller Orten
fest verschlossen sind, bis auf eine Röhre, diese Kasten sind
voll Lufft A B C D E etc. etc. K ist ein Feuer, welches die Lufft
im Kasten A erwärmt und expandiret, daß solche einen
Ausgang suchen muß, und durch die Röhre H hinaustritt in
den Siphonem JJ und presset das Wasser, treibt das Ventil in
18 zu, und stößet die Ventile 7, 8, 9 auf, und treibet das
Wasser gegen Y, nachdem nun das Wasser von unten
hinaufgestiegen, und das Rad auf dieser Seite schwehrer
gemacht, muß es nothwendig von B nach A heruntergehen,
und kommt der Kasten A ans Feuer, M N aber ins Wasser,
und also ferner mit allen Kasten.

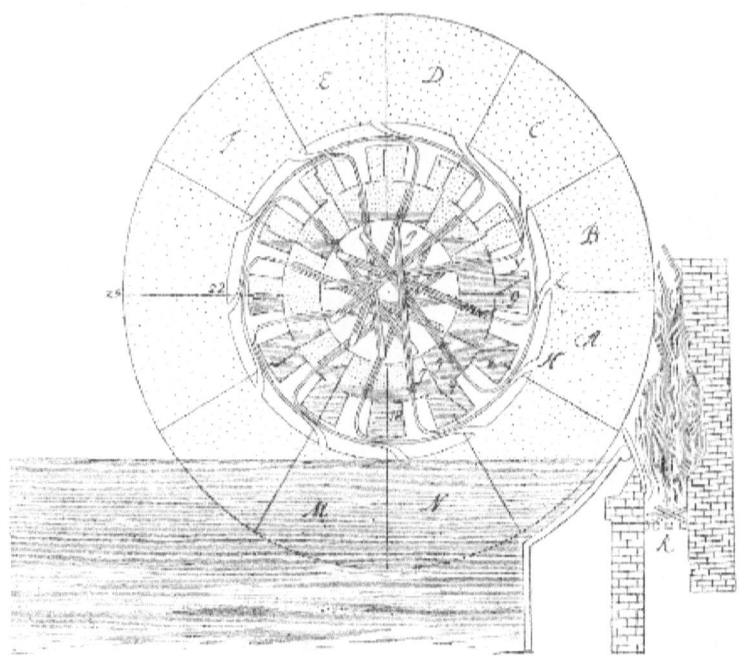

Abbildung 22.

Amontons Feuerrad.

Aus: Leupold, Theatrum Machinarum Generale. Tab. 53, Fig. 2. (Die horizontale Schraffur deutet Wasser an.)

Das Rad soll im Diametro von 20, 24 bis 30 Fuß seyn, und die Tiefe 12 Fuß. Wenn die Hitze in A B einem siedenden Wasser gleich, so würde sie so viel als 39 Pferde thun. Eine weitläuftige Beschreibung hiervon zu geben, erachte ich nicht nöthig, weil man schon ziemlichermasen die Methode sehen kann, und ad praxin zu bringen, sich's keiner unterstehen wird, selbe zu verfertigen; denn ich halte es vor unmöglich, solche accurat nachzumachen, und wenn es auch wäre, würde die Arbeit und Mühe noch grösser seyn, die Fehler zu finden und solche zu repariren.

Inzwischen bin dadurch bewogen worden eine gantz leichte und simple Art, die viel stärcker arbeiten muß, zu erdenken. Ich werde mir aber ausbitten solche nicht eher zu communiciren, bis genugsame Proben damit abgeleget; und habe ich nur wegen der Zeit noch eines oder das andere zu untersuchen. Ich glaube zwar, daß Amontons Machine soviel Kraft gehabt hat als 37 Pferde: ob die Pferde aber in einem Tage mehr thun können als das Rad? ist eine andere Frage. Denn ich kan zwar ein Heb-Zeug machen, da ich mehr heben kan als 100 Mann; alleine, wenn die 100 Mann mit mir zugleich einen Tag arbeiten solten, würde es mit mir übel aussehen; denn was sie einen Tag machten, müßte ich 100 Tage dazu haben, und weil die Kasten 6 Fuß tieff seyn sollen, und 12 breit, so gehöret viel Zeit dazu, ehe einer erwärmet wird, absonderlich weil solche wegen der ungeheuren Größe und Gewalt des Feuers und Lufft auch stark von Metall seyn müssen."

Das von Leupold verbesserte Amontonssche Feuerrad ist in Abb. 23 dargestellt und war wie folgt geplant:[49]

„Nachdem ietzo bey dem Druck die fünffzigste Tafel noch beygebracht, so habe nebst diesem resolviret, dennoch einen Entwurff von meinem Feuer-Rad zu geben, doch nur in so weit, daß man die Art sehen kan, wie es tractiret wird, und von des Amontons unterschieden ist. Die Figur stehet in Profil, da a ein Umschweiff von Meßing oder Kupffer in die 8 bis 9 Zoll tieff und 12 Zoll breit ist, daß dieser Umschweif und Kasten justement in 12 Theile oder besondere Kästen abgeteilet, und jeder wohl verwahret, daß keine Lufft, ohne durch eine besondere Röhre, die jeder Kasten hat, heraus, und in einen anderen daran befestigten Kasten weichen kann, wie bey A die Röhre b c ist, und mit dem Theil c in dem anderen Kasten stehet; dieser Kästen sind gleichfalls zwölf, und auch verwahret, daß weder Wasser noch Lufft weichen kann, ohne durch die Röhre die von dar durch's Centrum des Rades in einem andern gegenüber stehenden Kasten gehet, und ist hier die Röhre aus dem

Kasten c d e, die äußerlichen Kästen A f g h i l etc. etc. haben nur blose Lufft in sich, von den inwendigen zwölffen sind aber derer sechs mit Wasser gefüllet. Die zwei Umschweiffe oder 24 Kästen nebst denen 12 Röhren sind wohl und genau mit einander verbunden, und in ein Gehäuse und Welle gefasset, wie ein ordinair Wasser-Rad. Anstatt des Wassers aber ist bei C ein Ofen also angerichtet, daß das Feuer die drey Kästen von K bis n mit seiner Flamme bestreichet, und dadurch die Lufft in denen gemeldeten Kästen erwärmet, verdünnt und ausbreitet, daß solche durch die kleinen krummen Röhren in die Wasser-Kästen tritt, und das Wasser in die gegenüber stehenden Kästen treibt; als das Wasser aus o gehet durch die Röhre p q im Kasten m, aus c durch d e im Kasten r, und so fort an. Und auf solche Art wird das Rad bey dem Feuer allezeit leichter, und gegenüber schwehrer; also wenn das Rad genugsam Grösse hat, und das Feuer vollkommene Stärke, sehr große Gewalt kan damit effectuiret werden, ja wo alles wohl observiret wird, es allen Machinen wo nicht zuvor, doch gleich thun kan. Und ist nur das größte Impediment, daß solche Machine noch nicht in grossen aufgerichtet, die grosse Consumtion des Holtzes, welches ohnedem überall mangelt. Deswegen ich auch solche Invention bereits nun etliche Jahre ruhen lassen."

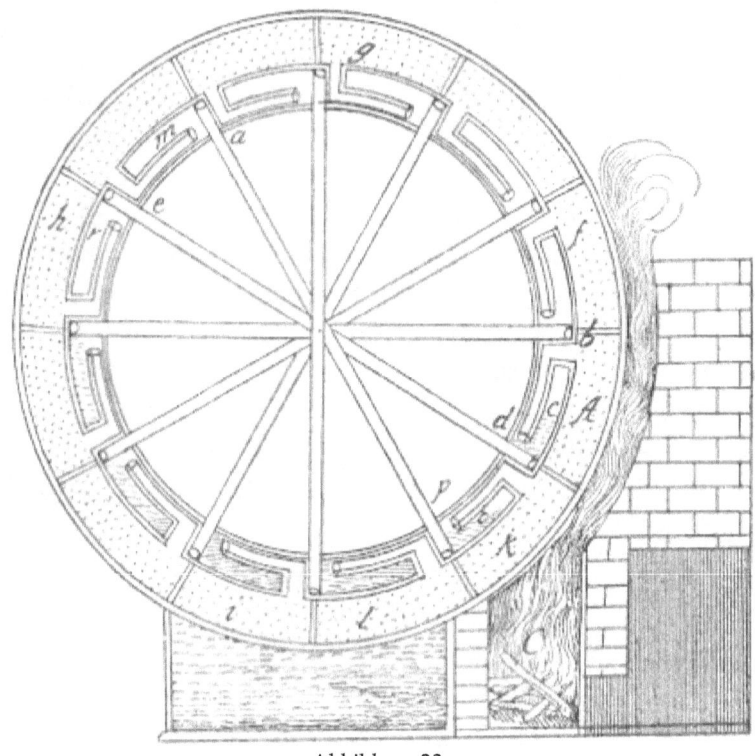

Abbildung 23.

Leupolds verbessertes Amontonssches Feuerrad.

Aus: Leupold, Theatrum Machinarum Generale, Tab. 50, Fig. 11.

In demselben Jahre, 1698, in welchem Savery ein Patent auf seine Dampfmaschine erhielt, hatte Papin den Auftrag empfangen, bei Kassel eine Pumpe aufzurichten, die mit Hilfe der Kraft des Feuers Wasser aus der Fulda pumpen sollte. Bis Ende August 1698 hatte er festgestellt, daß er durch die Ausdehnung des Dampfes das Wasser auf eine Höhe von 70 Fuß heben könne und daß bei geringer Vermehrung der Wärme dieser Betrag sich noch erhöhen lasse. Diese Feststellung war aber um die Hälfte zu hoch, wie Papin später selbst erkannte. Wie dieser am 13. März 1704 an Leibniz schrieb, war die Maschine aus zwei Gefäßen zusammengesetzt, die unter Zwischenschaltung eines Hahnes miteinander in Verbindung standen. Das eine dieser Gefäße wurde mit Hilfe der Kondensation des Dampfes evakuiert und dann durch den äußeren Luftdruck mit Wasser gefüllt, während das in dem zweiten Gefäß befindliche Wasser durch Dampfdruck emporgeschafft wurde. Leider riß der Eisgang der Fulda die Maschine fort. Da außerdem andere Aufgaben seiner harrten, ließ Papin seine auf die Ausnutzung der Dampfkraft abzielenden Arbeiten vorläufig ruhen.

Inzwischen war Savery eifrigst bestrebt, seine Maschine zu vervollkommnen. Ihr wesentlichster Übelstand bestand darin, daß sie keinen ständigen, ununterbrochenen Betrieb ermöglichte, da, wenn der Dampfinhalt des Dampfkessels verbraucht war, gewartet werden mußte, bis wieder eine hinreichende Menge Dampf zur Verfügung stand. Den ununterbrochenen Betrieb erzielte Savery in der Weise, daß er neben dem eigentlichen Betriebsdampfkessel einen kleineren Kessel aufstellte, aus welchem in jenen warmes Wasser hinübergedrückt wurde.

Savery war nebenbei außerordentlich rührig und eifrigst bestrebt, die Vorzüge seiner Maschine weitesten Kreisen näher zu bringen. Zu diesem Zwecke veröffentlichte er im Jahre 1702 eine mit Abbildungen ausgestattete Druckschrift: The Miners Friend[50]. Als Motto setzte er derselben das Wort Senecas vor: Pigri est ingenii contentum esse his, quae ab aliis inventa sunt: Ein träger Geist begnügt sich mit dem, was andere erfanden.

Dieses Motto scheint absichtlich gewählt zu sein, weil von verschiedenen Seiten gegen Savery der Vorwurf erhoben wurde, er sei lediglich ein Nachahmer des Marquis of Worcester. Dem trat er sehr entschieden entgegen, indem er behauptete, er habe seine Erfindung dem Zufall zu verdanken. Einst habe er einen in einer Flasche enthaltenen

Weinrest erhitzt und die Flasche, nachdem der Wein vollkommen in Dampf verwandelt war, mit ihrem Halse in kaltes Wasser getaucht. Hierbei sei das Wasser in der Flasche emporgetrieben worden, eine Beobachtung, die er dann in seiner Maschine praktisch verwertet habe.

Die Druckschrift „The Miners Friend" ist dem König gewidmet, dem Savery ein kleines Modell seiner Maschine in Hampton Court vorgeführt hatte, ferner der Royal Society und den Bergwerksbesitzern Englands. Die in derselben abgebildete und beschriebene Maschine weist die in Abb. 24 dargestellte verbesserte Anordnung auf. In dem zweiten Kapitel der Druckschrift sind die verschiedenen Verwendungsgebiete der Maschine aufgeführt: Betrieb von Mühlen, Wasserversorgung von Palästen und Edelsitzen von einem im Dachstuhl aufgestellten Behälter aus; Wasserversorgung von Städten; Entwässerung von Sümpfen und Mooren; Entwässerung der Bergwerke. Auch für Schiffe empfiehlt Savery seine Maschine, ohne jedoch anzugeben, in welcher Weise. Er geht auf diese Verwendungsart nicht näher ein, sondern überläßt dieselbe den Fachleuten.

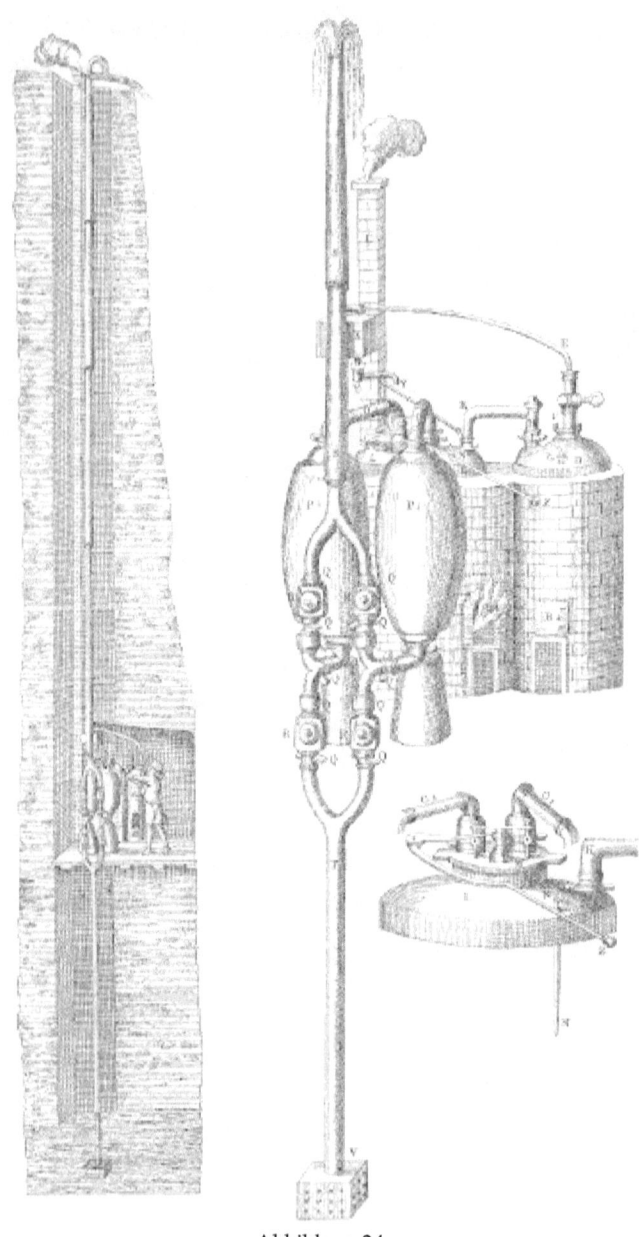

Abbildung 24.

Saverys Dampfmaschine. Aus: The Miners Friend.

Im dritten Kapitel wird angegeben, in welcher Art die Maschine für die vorgenannten Verwendungszwecke anzuordnen ist.

Den Schluß bildet ein sehr eingehendes Zwiegespräch zwischen dem Erfinder und einem Bergwerksbesitzer, in welchem ersterer die gegen die Maschine erhobenen Bedenken entkräftet.

Die der Maschine (Abb. 24) gewidmete Beschreibung hat folgenden Wortlaut:

„Eine Beschreibung des Ganges der Maschine zum Heben von Wasser durch Feuer.

B 1 B 2 sind zwei Feuerungen.

C ist der Schornstein oder die Esse.

D ist der kleine Kessel.

E ist dessen Dampfrohr mit Hahn.

F ist die Verbindungsmutter zwischen Kessel und Dampfrohr.

G ist ein enges Rohr mit Hahn, das in das Innere des Kessels bis 8 Zoll über dem Boden hineinragt.

H ist ein weiteres Rohr, das auf dieselbe Tiefe hinabragt.

I ist ein Ventil in dem Rohre H.

K ist ein Rohr, das von dem Gehäuse dieses Ventils in den großen Kessel, etwa einen Zoll tief, hineinführt.

L ist der große Kessel.

M ist eine Schraube mit der Reguliervorrichtung.

N ist ein enges Rohr mit Hahn, das bis zur Hälfte in den großen Kessel hineinragt.

O 1 O 2 sind Dampfrohre, deren eines Ende mit der

Reguliervorrichtung, deren anderes Ende mit den Zwischenbehältern (Receivers) verschraubt ist.

P1 P2 sind die sogenannten Receivers.

Q sind Schrauben, mittels welcher die Rohrleitungen und Ventile an der Vorderseite der Maschine angebracht werden.

R1 R2 R3 R4 sind Rotgußventile, die mit Schrauben versehen sind, um sie bei Gelegenheit öffnen und zugänglich machen zu können.

S ist das Druckrohr.

T ist das Saugrohr.

X ist ein Wasserbehälter.

Y ist ein Hahn am Boden dieses Wasserbehälters.

Z ist der Handhebel der Reguliervorrichtung.

Wie die Maschine zu handhaben ist.

Zunächst ist erforderlich, daß die Maschine in einen guten Doppelofen eingebaut wird, der so eingerichtet ist, daß die Flamme Ihres Feuers rundherum streichen und beide Kessel ebenso gut befeuern kann, wie dies bei den Braupfannen der Fall ist. Bevor Sie das Feuer anfachen, öffnen Sie die beiden an den Kesseln angebrachten Hähne G und N. Sodann füllen Sie den großen Kessel L zu zwei Drittel mit Wasser und den kleinen Kessel D ganz voll Wasser. Sodann verschließen Sie die Hähne G und N so fest wie möglich. Nunmehr setzen Sie die Feuerung B1 in Gang. Wenn das Wasser im Kessel L kocht, müssen Sie den Handhebel Z so weit als möglich von sich fortdrehen. Infolgedessen strömt der gesamte aus dem Wasser in L sich entwickelnde Dampf mit unwiderstehlicher Gewalt durch O1 nach P1, hierbei mit Geräusch alle Luft durch das Ventil R1 hinaustreibend. Und wenn alle Luft hinausgezogen ist, wird der Boden des Gefäßes P1 sehr heiß werden. Dann ziehen Sie den Handhebel der Reguliervorrichtung zu sich heran. Hierdurch schließen Sie O1 ab und Sie treiben den Dampf durch O2 nach P2, bis dieses Gefäß die in ihm enthaltene Luft durch das Ventil R2 zu dem Druckrohr übertreten ließ. Inzwischen ist, da der Dampf in dem Gefäß P1 sich niederschlug, ein Vakuum oder eine Luftleere erzeugt. Infolgedessen muß das Wasser mit Notwendigkeit durch das Saugrohr T emporsteigen, wobei es das Ventil R3 anhebt und das Gefäß P1 füllt.

Inzwischen ist das Gefäß P2 der in ihm enthaltenen Luft entledigt, und nunmehr drehen Sie den Regulatorhebel wiederum von sich fort. Alsdann ruht Druck auf der Oberfläche des Wassers in P1, die durch den Dampf erwärmt wird und diesen daher nicht niederschlägt. Der Dampfstrom drückt mit federndem Druck, gleich dem Luftdruck, auf das Wasser und überwindet schließlich das Gewicht der Wassersäule und treibt diese in dem Druckrohr S empor, durch das nun das im Gefäß P1 enthaltene Wasser sofort hinausbefördert wird. Ist einmal die Maschine im Gange, so ist es für jedermann ein leichtes. auch für den, der niemals die Maschine zuvor gesehen hat, nach einem halbstündigen Probieren, einen ständigen Wasserstrom vom vollen Querschnitt des Rohres S ins Freie zu fördern. Denn an der Außenseite des Gefäßes P1 werden Sie den Gang des Wassers verfolgen können, wie wenn das Gefäß durchsichtig wäre. Denn das Gefäß ist, soweit der Dampf in demselben steht, vollständig trocken und so heiß, daß man es kaum mit der Hand berühren kann. So weit aber in dem Gefäß das Wasser reicht, ist das Gefäß feucht und kalt, als ob Wasser auf dasselbe hinabgerieselt wäre. Diese Feuchtigkeit und Kälte verschwinden aber, so weit der Dampf das Wasser im Innern des Gefäßes verdrängt. Wenn Sie aber alles Wasser hinausdrücken, so wird der Dampf, und zwar schon eine kleine Menge desselben, indem er durch R1 hindurchtritt, das Ventil zum Schnarren bringen und hierdurch Euch auffordern, den Regulatorhebel zu Euch heranzuziehen. Sogleich beginnt der Dampf das Wasser aus dem Gefäß P2 hinauszudrücken, ohne daß der austretende Strahl sich ändert. Nur wird der Wasserstrahl dann etwas stärker ausfallen als bisher, wenn Sie den Regulatorhebel bewegten, bevor eine größere Menge Dampf durch das Ventil R1 austrat. Aber es ist besser, keinen Dampf austreten zu lassen (denn dies ist mit Kraftverlust verknüpft). Dem kann leicht dadurch vorgebeugt werden, daß man den Regulatorhebel etwas früher bewegt, bevor das Druckgefäß vollständig entleert ist. Ist dies geschehen, so drehe man sofort den Hahn des Kaltwasserbehälters X so, daß er sich oberhalb P1 befindet. Dieser Hahn ist in der Zwischenstellung geschlossen, jedoch stets offen, wenn er über P1 oder über P2 eingestellt ist. Das aus dem Behälter X auf P1 hinabrieselnde Wasser läßt den Dampf, der soeben noch eine so große Kraft äußerte, sich niederschlagen, infolgedessen Luftleere entsteht. Infolgedessen füllt sich das Gefäß P1 durch den Druck der äußeren Atmosphäre oder, was dasselbe besagt, durch Saugwirkung, sofort wieder mit Wasser, während sich P2 entleert. Ist dieses geschehen, so bewege man den Regulatorhebel von sich fort und bringe hierdurch den Dampfdruck in P1 zur Wirkung. Zugleich wird das Condenswasserrohr über das Gefäß P2 gebracht. Infolgedessen schlägt sich der in diesem Gefäß befindliche Dampf nieder, so daß dieses Gefäß sich füllt, während sich das andere entleert.

Die Arbeit, die mit dem Drehen der zwei Maschinenteile, nämlich des Regulators und des Kaltwasserhahnes, verknüpft ist, sowie die Wartung der Feuerung, überschreitet nicht das Maß dessen, was ein Knabe täglich leisten kann, und ist ebenso leicht zu erlernen wie das Treiben eines Pferdes an einer Kettenpumpe. Dennoch aber würde ich Erwachsene vorziehen, da bei ihnen mehr Sorgfalt vorauszusetzen ist als bei Knaben. Der Unterschied im Kostenaufwand ist nicht nennenswert und kommt angesichts der großen Vorteile, die der Gebrauch der Maschine mit sich bringt, nicht in Betracht.

Der sachkundige Leser wird hier nun vielleicht den Einwand erheben, daß, da der Dampf die Ursache der Bewegung und der Kraft ist und dieser Dampf nur verflüchtigtes Wasser ist, der Kessel L nach Verlauf einer gewissen Zeit leer werden muß, so daß also der Gang der Maschine unterbrochen werden muß, um den Dampfkessel wieder zu füllen, will man den Boden des Kessels nicht der Gefahr des Verbrennens oder Schmelzens aussetzen.

Als Antwort hierauf bitte ich, sich den Gebrauch des kleinen Kessels D zu merken. Sobald die die Maschine bedienende Person bemerkt, daß es Zeit ist, den großen Dampfkessel wieder zu füllen, dann schneide man durch Drehung des Hahnes des kleinen Kessels E jegliche Verbindung zwischen S, dem großen Druckrohr, und D, dem kleinen Kessel, ab. Macht man dann noch ein kleines Feuer unter B2, so hat man innerhalb kurzer Zeit mehr Dampfkraft zur Verfügung als aus dem großen Kessel. Denn da der in dem großen Kessel enthaltene Dampf ständig verbraucht wird und hinausgeht, während der Druck in dem anderen Kessel zunimmt, überschreitet der in D herrschende Druck bald den in L; da nun also das in D enthaltene Wasser durch seinen eigenen Dampf gedrückt wird, muß es notwendigerweise sich in dem Rohr H heben, hierbei das Ventil I öffnend und dann durch das Rohr K nach L hinübertretend, bis der Wasserspiegel in D die Unterkante des Rohres H erreicht. Das Zusammentreffen von Dampf und Wasser ergibt die Gewißheit, daß D sich entleert hat nach L hinein bis auf 8 Zoll oberhalb des Bodens. Und da nun in dem Raum zwischen der Spitze von D bis zur Unterkante des Rohres H so viel Wasser enthalten ist, um L um einen Fuß zu füllen, so kann man sicher sein, daß L wiederum um einen Fuß aufgefüllt ist. Dann öffnen Sie den Hahn I und füllen sofort D, so daß ständige Bewegung herrscht, ohne daß man irgendwelche Störung des Betriebes der Maschine zu fürchten hat. Wenn man zu beliebiger Zeit wissen will, ob der große Dampfkessel L mehr als zur Hälfte entleert ist, dann drehe man den kleinen Hahn N, dessen Rohr mit seiner Unterkante bis zur halben Höhe des Kessels hinabreicht und Wasser gibt, wenn dieses höher als die Unterkante des Rohres im Kessel steht; ist letzteres nicht der Fall, so gibt der Hahn N Dampf. Ebenso zeigt der Hahn G an, ob mehr oder weniger als 8 Zoll Wasser im Kessel D stehen, so daß nur törichte und böswillige Nachlässigkeit oder Absicht den Gang der Maschine zu stören vermag. Und wenn der Besitzer den Verdacht hat, daß der Wärter seine Pflicht nicht tut, so kann dieses leicht mit Hilfe der Ventile festgestellt werden. Denn wenn er an die im Gange befindliche Maschine herantritt und sieht, daß der Wasserspiegel in L tiefer liegt als die Unterkante des Rohres N, oder der Wasserspiegel in D tiefer als die Unterkante von G, so verdient der Wärter einen Tadel, obgleich noch drei Stunden verfließen können, bevor der Gang der Maschine gestört wird oder die Kessel sich entleeren. Übrigens erfüllen die Ventile der Wasserwerke ihre Aufgabe um so besser, je länger sie sich im Gebrauch befinden.

Sind nun alle Teile meiner Maschine richtig beschaffen und die Feuerung aus Sturbridge- oder Windsorziegeln oder feuerfesten Steinen ausgeführt, so halte ich es für ausgeschlossen, daß meine Maschine nicht viele Jahre aushalten werde. Denn die Ventile, Gehäuse, Probierrohre, der Regulator und die Hähne sind sämtlich aus Rotguß angefertigt; und die Gefäße sind alle aus dem besten Kupfer hergestellt, von solcher Stärke, daß sie den bei dem Arbeiten der Maschine auftretenden Anforderungen genügen. Kurz gesagt: die Maschine ist dem, was sie leisten soll, derart natürlich angepaßt, daß sie unter den verschiedensten Verhältnissen, ohne Schaden zu erleiden, jahrelang arbeiten kann, es sei denn, daß jemand es auf ihre Zerstörung abgesehen habe. Ist die Maschine aufgestellt und in Betrieb gesetzt, so kann ich in aller Bescheidenheit die Versicherung abgeben, daß der Minenbesitzer oder Aufseher von den ewigen Kosten und Unannehmlichkeiten befreit ist, welche bei den anderen jetzt in den Bergwerken gebräuchlichen Wasserhebemaschinen ständig auftreten."

Saverys Rührigkeit war von Erfolg gekrönt; seine Maschine fand trotz des hohen Dampfverbrauchs, der aus der unmittelbaren Berührung des Dampfes mit dem kalten Wasser sich ergab, Eingang in die englischen Bergwerke. In der Tat ist die Saverymaschine die erste die Ausnutzung der Spannkraft des Wasserdampfes anstrebende Vorrichtung, die weit aus dem Rahmen des Versuches hinaustrat und sich in gewissem Maße auch bewährte. Großes Mißtrauen erweckte allerdings eine Explosion, der zu Broadwaters eine Savery-Maschine zum Opfer fiel.

Bei Papin und dessen fürstlichem Gönner wurde der Anlaß, sich von neuem mit der Dampfmaschine zu befassen, durch Leibniz gegeben. Dieser sandte nämlich am 6. Januar 1705 an Papin die Zeichnung einer Saverymaschine, und zwar ohne Beschreibung. Papin legte diese Zeichnung dem Landgrafen vor und erhielt von diesem den Auftrag, eine Dampfmaschine zum Antrieb einer Mahlmühle zu entwerfen. Offenbar sollte, da die Dampfmaschine hier nur als Pumpenmaschine in Betracht kam, diese das Wasser auf eine gewisse Höhe schaffen, von der es dann herabfallen und ein Wasserrad antreiben sollte.

Papin ging eifrigst ans Werk und faßte, nachdem er ein kleines Modell fertiggestellt hatte, den Wunsch, eine Maschine größerer Leistung für die Herrenhäuser Wasserkunst ausführen zu können. Er wandte sich daher an Leibniz mit der Bitte, dieser möge ihm bei dem Kurfürst von Hannover den Auftrag auf eine derartige Maschine zum Preise von 300 Talern erwirken. Da aber bei den Herrenhäuser Anlagen Wasserkraft zur Verfügung stand, erfuhr Papins Bitte eine Ablehnung.

Nunmehr suchte Papin seine Maschine weiteren Kreisen dadurch näher zu bringen, daß er sie in einer Druckschrift veröffentlichte. Endlich gelang ihm dies. Die Druckschrift ist betitelt: Ars nova ad aquam ignis adminiculo efficacissime elevandam. Autore Dionysio Papin, Med. Doctore, Mathes. Profess. Publ. Marburgensi, Consiliario Hassiaco, ac Regiae Societatis Londinis Socio. Casellis (Francoforti a. M.) 1707.

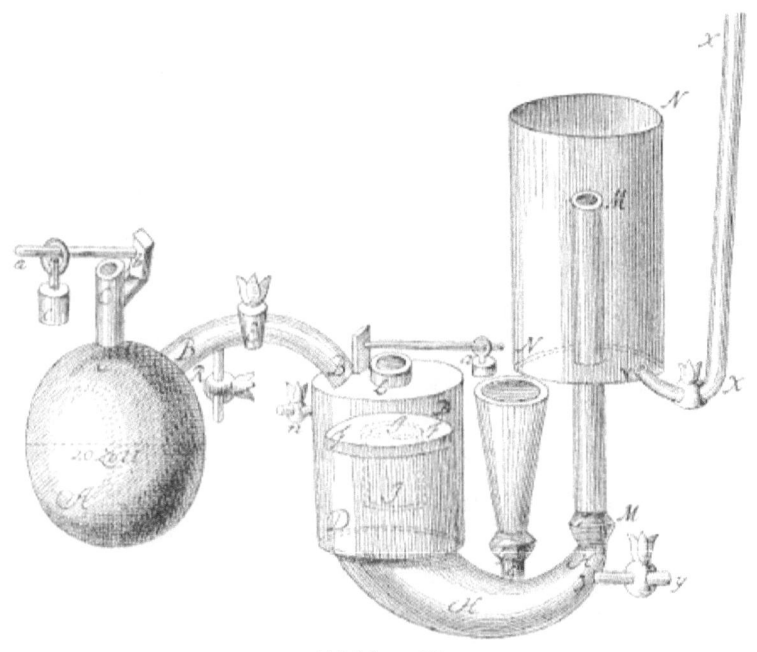

Abbildung 25.

Papins zweite Dampfmaschine.

Aus: Leupold, Theatrum Machinarum Generale. Tab. 53, Fig. 1.

Am 29. November 1706 übersandte Papin ein Exemplar dieser Druckschrift an Leibniz mit der Bitte, dieser möge sich über deren Inhalt äußern.

Leupold gibt in seinem im Jahre 1724 erschienenen Theatrum Machinarum generale § 389 folgende Beschreibung dieser zweiten Papinschen Maschine:

„A (Abb. 25) ist die küpfferne Blase oder Kugel, im Diametro 20 Zoll, hoch 26 Zoll. Diese wird in einen Ofen von gebrannten Ziegeln eingemauert, daß die Hitze die gantze Kugel wohl treffen kan. Gemeldte Kugel soll 2 Zoll obenher von der Wand abstehen. Aus dieser Kugel gehet oben eine krumme Röhre B B, die in der Mitte ein

Epistomium oder Hahn E hat. Die Röhre B soll noch etwas zugleich im Feuer mit stehen. Oben auf in C ist ein perpendikulairer Tubus C C, durch welchen man das Wasser eingießen kann, der so lang ist, daß er durch das Gewölbe des Ofens durchlanget. Damit aber die Gewalt der Lufft nicht herausdringet, ist solches mit einem Deckel wohl zu verwahren; allein daß auch nicht etwa die Gewalt und Stärke der expandierten Lufft das Gefäß A gar zersprengen möchte (wie es dem Papino selbst begegnet seyn soll) so lieget auf dem Deckel des Loches ein Hebel ab, an welchen ein Gewicht C hanget, wenn anders die Gewalt so groß wird, sie ehr den Deckel mit dem Gewicht hebet als daß sie die Kugel zersprenget. Das Rohr B B gehet in ein ander Cylindrisches Gefäß D D, dahin die expandirte Lufft aus A durch das Epistomium E gelassen wird. Das kupfferne Gefäß D D, so statt der Antlia oder des Stiefels, ist weit im Diametro 20 Zoll, und der Embolus oder Kolben 15 Zoll hoch, und muß das Gefäß so weit seyn, daß noch 200 Pfund Wasser Raum haben.

Ferner ist ein Tubus G G, durch welchen das Wasser in den Cylinder D gelassen wird, der Diameter soll 7 Zoll weit seyn und 6 Zoll höher stehen, als das Epistomium n, durch welches das überflüssige Wasser in D wieder ablaufen kan. Der Tubus G aber gehet in die krumme Röhre H H, und diese in den Cylinder D D. Der Embolus oder Kolben F F ist ein hohler Cylinder von Metall, und wohl verwahret, daß kein Wasser hineinkan, und so leicht, daß er auf dem Wasser schwimmt. In diesem Kolben ist ein hohler Cylinder i i, der oben in i offen, unten aber zugemacht ist. Durch die Achse dieses Cylinders gehet dieser Tubus hindurch bis auf den Boden, und ist so verwahret, daß kein Wasser durch kan.

Dieser Tubus dienet hierzu: Durch die Öffnung L wird ein heißes oder glüendes Eisen gelassen, welches im oberen Theil der Antlia bleibet, welches nützet, daß die nassen

Vapores aus der Kugel A, wenn sie darauf stossen, sich mehr erhitzen, und ausbreiten. Die Öffnung L wird gleichfalls wie C mit einem wohl eingepasseten metallenen Deckel verwahret, und durch den Hebel und Gewicht a aufgepresset, welches Gewichte man nach Verlangen hin und her schieben kan, nachdem die Schwehre nöthig. An dem engen Theil des Tubi H stehet ein anderer Tubus MM, welcher in einen größeren und weitern Cylinder NN, der allenthalben geschlossen ist, und nur in X eine Öffnung hat, gehet. Der Cylinder M ist 3 Fuß hoch und 23 Zoll weit, 1 Fuß Höhe hält 200, das gantze Gefäß aber 600 Pfund Wasser, also, daß wenn die 200 Pfund Wasser aus dem Cylinder DD hinangetrieben werden, die Lufft in NN um ⅛ zusammengepresset wird, gleich wie das Wasser von 64 Fuß hoch thut. Damit nun das Wasser nicht wieder durch die Röhre GG zurück kan, ist in S ein Ventil, desgleichen auch bey T. Bei X ist ein Rohr angemachet, aus dem Cylinder N 2 Zoll breit, durch welches das Wasser N in die Höhe steigen soll. Es ist darum so enge, daß das Wasser erstlich in 2 Secunden auslauffen kan, weil in jeden 2 Secunden eine neue Operation oder neues Wasser folgen soll.

Hierauf, saget der Autor, würde man sehen, daß eine solche Machine mit schlechten Kosten zu machen sey, und dennoch dadurch ein Mensch, so viel als sonst fünffzig verrichten; weil nemlich alle 2 Secunden 200 Pfund Wasser 40 Fuß hoch könnten gebracht werden. Ja, er vermeynete, er wolle es auch dahin bringen, wenn alles grösser und stärker gemachet würde, daß einer so viel als sonst hundert ausüben würden."

Der Arbeitsgang dieser zweiten Papinschen Maschine vollzog sich folgendermaßen: Durch den Trichter G wird Wasser in den Zylinder DD eingelassen; infolgedessen hebt sich der Kolben nach aufwärts. Hat dieser seine Höchstlage erreicht, wird der Lufthahn n geschlossen und durch Öffnen des Dampfhahns E Dampf oberhalb des Kolbens in den Zylinder D D eingeführt. Der Dampf drückt den Kolben abwärts, infolgedessen das unterhalb des letzteren befindliche Wasser in dem mit Ventil ausgestatteten Steigrohr M aufwärts gefördert wird. Alsdann wird der Dampf abgesperrt, der Lufthahn n wiederum geöffnet und von neuem Wasser in den Trichter G geschüttet, worauf sich der Vorgang wiederholt. Von der Saveryschen Maschine unterscheidet sich Papins Maschine wesentlich dadurch, daß sie die großen bei der Berührung des Dampfes mit dem Wasser auftretenden Dampfverluste durch Zwischenschaltung des Kolbens zwischen Dampf und Wasser vermeidet. Zur weiteren Verhütung von Wärmeverlusten wurde der hohle Kolben durch einen erwärmten eisernen Bolzen geführt, und der verbrauchte Dampf wurde nicht niedergeschlagen, sondern durch den Lufthahn n abgeführt und zur Vorwärmung des in den Trichter G eingebrachten Wassers verwertet.

Papin blieb nun aber nicht dabei stehen, diese Maschine nur zum Heben von Wasser zu benutzen, er hatte vielmehr schon deren Verwendung für m o t o r i s c h e Zwecke im Auge. Zu diesem Zwecke umgab er das Steigrohr M mit einem Windkessel N N, in welchem das gehobene Wasser ein Kissen stark gepreßter Luft erzeugte, die durch das Rohr X fortgeleitet und zum Antrieb eines Schaufelrades benutzt werden konnte. Des weiteren wollte er die Maschine zum Antrieb von Schiffen benutzen.

Diese Verbesserungen beruhten auf einer eingehenden Kritik, die Papin in der Schrift „Ars nova" der Saveryschen Maschine angedeihen ließ.

Von großem Interesse sind die Verbesserungsvorschläge, die L e i b n i z machte und die so erheblich sind, daß sie als selbständige Erfindungen gelten müssen. Er vermißte eine Vorrichtung, um den Dampfkessel wieder mit Wasser füllen zu können. Zu diesem Zweck schlug er einen mit einer Aussparung versehenen Hahn vor. Den aus dem Hahn n abziehenden Dampf wollte er mittels eines Rohres unter eine Kappe leiten, welche den Windkessel N N so weit umgab, als dieser für gewöhnlich mit Luft gefüllt war. Hierdurch sollte der Windkessel abwechselnd erwärmt werden und jeweilig, wenn er Wasser in das Steigrohr zu pressen hatte, eine größere Spannkraft erhalten. Die überflüssige Wärme und der Rauch der Feuerung sollte zur Vorwärmung des Wassers im Trichter G und im Rohr H benutzt werden. Schließlich meinte er, daß sich ein Mechanismus erfinden lasse, um die Hähne E und n durch die Maschine richtig zu bewegen, zu steuern. Hier begegnen wir also bereits einer Anregung, die Steuerung der Maschine durch diese selbst zu bewirken.

Als Papin mit seiner Druckschrift über seine neue Maschine vor die Öffentlichkeit trat, hatte er jene bereits Versuchen unterzogen. Dieselben wurden im Treppenhause des im Jahre 1695 erbauten Kunsthauses zu Kassel vorgenommen und ihre Ergebnisse von Papin am 19. August 1706 Leibniz mitgeteilt. Diese Versuche mißlangen zunächst teilweise, weil der für den Aufbau des Steigrohres verwendete Kitt, wie Papin vorausgesehen hatte, dem Druck des Wassers nicht widerstehen konnte, infolgedessen große Wasserverluste eintraten. Trotzdem aber konnte Papin mit Genugtuung feststellen, daß das gepumpte Wasser bis zu einer Höhe von 70 Fuß emporstieg. Als man versuchte, das Steigrohr neu zu verkitten, fiel einiger Kitt in das Bodenventil des Steigrohres, so daß die Versuche abgebrochen werden mußten. Nunmehr wurde ein anderes Steigrohr, und zwar aus Kupferplatten, hergestellt. Als dieses fertig war, verließ aber leider der Landgraf Kassel und besichtigte nach einmonatlicher Abwesenheit die Maschine nur abends, wo Versuche nicht vorgenommen werden konnten. Auch nahmen ihn andere Dinge vollständig in Anspruch, so daß Papin seine geplanten Verbesserungen immer und immer wieder hinausschieben mußte. In den ersten Monaten des Jahres 1707 wurde sogar das neue Steigrohr entfernt und zu anderen Zwecken benutzt. Dies erregte Papins Unzufriedenheit in so hohem Maße, daß er, um sich wieder nach England begeben zu können, den Landgrafen um seine Entlassung bat, die ihm denn auch gewährt wurde.

Mit welchem Eifer und mit welchem Maße innerer Überzeugung Papin an den Bau dieser seiner zweiten Maschine herangegangen ist, geht aus einem Brief hervor, den er am 23. März 1705 an Leibniz richtete. Nachdem er berichtet hat, daß der Landgraf durch die von Leibniz seinerzeit übersandte Zeichnung der Saverymaschine zur Fortsetzung der auf die Dampfmaschine bezüglichen Versuche sich bewogen gefühlt habe, fährt er fort: „Ich kann Sie versichern, daß ich, je mehr ich vorwärtskomme, immer mehr diese Erfindung zu schätzen lerne, die, vom theoretischen Standpunkte aus betrachtet, d i e K r ä f t e d e r M e n s c h e n b i s i n s U n e n d l i c h e v e r m e h r e n m u ß, aber vom praktischen Standpunkte aus glaube ich ohne Übertreibung sagen zu können, daß mittels derselben ein Mensch ebensoviel wird leisten können, als hundert Menschen ohne dieselbe. Ich gebe zu, daß es noch Zeit erfordern wird, um zu diesem Grade der Vollkommenheit zu gelangen. Das einzige, was man bisher getan hat, ist die Aufdeckung der Eigenheiten der Maschine und der Erscheinungen, denen sie unterworfen ist. Aber Seine Hoheit werden sie hinfort zu einem nützlichen Zweck verwenden und hat mir den ehrenvollen Auftrag gegeben, diese Maschine zum Antrieb einer Getreidemühle anzuwenden. Sie können mir glauben, mein Herr, daß ich alles, was in meinen Kräften steht, aufbieten werde, daß die

Sache zu einem guten und erfolgreichen Ende geführt wird, jedoch hat man hier mit der Schwierigkeit, tüchtige Arbeiter zu finden, zu kämpfen. Ich hoffe jedoch, daß die Geduld mit Gottes Hilfe alles glücklich überwinden wird. Und wenn man dann nach der Getreidemühle jene Erfindung auf die Wasserfahrzeuge ausdehnen könnte, so würde ich diese Erfindung für ungleich nützlicher halten als die Auffindung der Längen auf dem Meere, nach der man schon so lange Zeit sucht."

Als Papin seinen erbetenen Abschied vom Landgrafen erhalten hatte, ging er alsbald an die Vorbereitungen seines Umzuges nach London. Sein schönstes Besitztum bestand in einem Schiffe, an welchem er nach eigenen Angaben gebaute Schaufelräder angebracht und erprobt hatte. Auf diese Erfindung setzte er große Hoffnungen, die er in England erfüllen wollte. Dieses Schiff hat zu der weitverbreiteten irrtümlichen Auffassung Veranlassung gegeben, Papin habe bereits ein Dampfschiff besessen. Es wurde in den Jahren 1703 und 1704 erbaut, und am 13. März 1704 schrieb er ausdrücklich in einem an Leibniz gerichteten Briefe, er habe dieses Schiff nicht derart eingerichtet, daß es durch die Kraft des Feuers angetrieben werden könne, um nicht zu viele Dinge auf einmal zu unternehmen.

Trotzdem daß Papin alle nur mögliche Vorsicht angewendet hatte, um sich die Durchfahrt dieses Schiffes von Kassel zum Meere zu sichern, wurde dasselbe dennoch von Schiffern zerstört. Dieser Verlust hat Papin seiner schönsten Hoffnungen beraubt und ihm einen niemals wieder gut zu machenden Schlag versetzt.

In London angelangt, bat er die Royal Society, sie möge ihm die Möglichkeit geben, die Leistungsfähigkeit seiner Maschine mit derjenigen der Saveryschen Maschine zu vergleichen, wurde aber abschlägig beschieden. Auch weitere Kränkungen blieben dem erfolgreichen Bahnbrecher der Dampfmaschine nicht erspart. Wahrscheinlich ist Papin in der ersten Hälfte des Jahres 1712 zu London gestorben.

Kehren wir nunmehr zur Saveryschen Maschine zurück. Im Jahre 1706 wurde die erste praktische Ausführung zu Broadwaters aufgestellt, explodierte jedoch, wie wir bereits erwähnten. In demselben Jahre soll Savery ein für Kassel bestimmtes Modell verbessert haben.

Die Zahl der nach und nach in Betrieb genommenen Saverymaschinen nahm allmählich zu. Es erklärt sich dies leicht aus dem Umstande, daß die stetig wachsende Bedeutung des englischen Kohlenbergbaues gebieterisch nach einer Vervollkommnung der gebräuchlichen, höchst mangelhaften Wasserhebevorrichtungen verlangte. Bisher hatte man sich mit durch Menschen- oder Pferdekraft betriebenen Pumpen beholfen und war hierbei schon hier und dort zu sehr umfangreichen Anlagen gediehen. So befand sich in Cornwall die sogenannte „Turmmaschine", die aus zehn übereinander angeordneten oberschlächtigen Wasserrädern von je 20 Fuß Durchmesser bestand. Auch Windmühlen benutzte man zum Entwässern der Bergwerke. Letztere versagten bei Windstille den Dienst, während die Wasserräder erhebliche Mengen von Aufschlagwasser erforderten, die bei Trockenheit nicht zur Verfügung standen. Die mit Tier- und Menschenkraft angetriebenen Pumpen mußten durch Tag- und Nachtschichten im Betriebe erhalten werden. Schließlich benutzte man auch Becherwerke zum Heben des Wassers. Bei beträchtlicheren Förderhöhen war aber deren Standfestigkeit so gering, daß infolge der Schwankungen des Gestelles die Becher kaum zur Hälfte gefüllt oben anlangten und ein immerwährender Regen in die Tiefe hinabrieselte.

Die erste größere Saverymaschine war die der York

Building Waterworks. Hier gelangten sehr hohe Dampfdrucke, „8- bis 10mal so groß als der Luftdruck", zur Anwendung. Die entwickelte Hitze war so groß, daß das gewöhnliche Weichlot schmolz und die Verbindungen mittels Hartlot verlötet werden mußten.

Als Grund für die Verwendung dieser hohen Dampfdrucke gab Savery an, daß er auf diese Weise die von dem Dampf getroffene Oberfläche des zu hebenden Wassers schnell auf eine hohe Temperatur bringe und hierdurch die Kondensation des Dampfes verhindere.

Gleichzeitig mit Savery und Papin hatte sich auch Thomas Newcomen mit der Verbesserung der Dampfmaschine beschäftigt, und zwar in Gemeinschaft mit John Cawley. Beide lebten in Dartmouth.

Die von beiden erfundene Maschine ist in Abb. 26 dargestellt. Oberhalb des eingemauerten Dampfkessels A liegt der Dampfzylinder PQ. Beide sind durch ein senkrechtes Rohr DE miteinander verbunden. Der Kolben R ist mittels einer Kette an dem einen Arme Z des Balanciers ZaY aufgehängt, an dessen anderem Ende das Pumpengestänge k und die Kolben nml angebracht sind. Das oben an der Säule des Balanciers angebrachte Gefäß M enthält Kühlwasser, das durch das Rohr NN und den Hahn K unterhalb des Kolbens R in den Zylinder eingeführt werden kann und die Kondensation des Dampfes bewirkt.

Der Arbeitsgang der Maschine vollzieht sich in folgender Weise: Befindet sich der Kolben in seiner tiefsten Stellung, so wird Dampf von unten in den Zylinder eingelassen, und dieser Dampf hebt mit Hilfe des Gegengewichtes lmn den Kolben. Hat dieser seine Höchstlage erreicht, wird der Dampfzutritt gesperrt und der Kaltwasserhahn K geöffnet. Infolge der Kondensation des Dampfes drückt der Luftdruck den Kolben nach unten und das Gegengewicht lmn nebst dem Pumpengestänge k wird gehoben. Nunmehr wird, nachdem für rechtzeitige Ableitung des im Zylinder befindlichen Kondenswassers gesorgt ist, frischer Dampf in den Zylinder eingeführt, und das Spiel wiederholt sich.

Die Abridgements geben an, daß die Newcomenmaschine eher erfunden sei, als die Saverymaschine, jedoch erst im Jahre 1710 an die Öffentlichkeit gelangt sei. Savery soll gegen das von Newcomen und Cawley nachgesuchte Patent Einspruch erhoben haben. Newcomen habe aber, da er Wiedertäufer war, von einem Streite um das Patent Abstand genommen, und es sei dann, nachdem eine Einigung der drei Erfinder erzielt war, diesen im Jahre 1705 ein gemeinsames Patent erteilt worden. — Die veröffentlichten Patente lassen aber ein solches vermissen.

Zweifellos steht die Newcomenmaschine derjenigen Papins erheblich näher als der Saverymaschine. Da Papin das Wesentliche seiner Erfindung im Jahre 1690 bereits in den „Actis Eruditorum" veröffentlicht hatte, und da ferner Newcomen als ein Mann geschildert wird, der in Dartmouth neben seiner Beschäftigung als Schmied und Eisenwarenhändler sich schon seit Jahren für die Ausnutzung der Dampfkraft interessierte und einschlägige Studien trieb, liegt die Annahme sehr nahe, daß er Papins Arbeiten kannte und auf dem von diesem gewiesenen Wege vorwärts strebte. Außerdem liegt die Annahme sehr nahe, daß er auch Saverys Arbeiten kannte.

Den Anteil Cawleys an der Erfindung der Newcomenmaschine festzustellen, ist sehr schwierig. Der Hauptanteil dürfte auf Newcomen entfallen, denn dieser hatte bezüglich der Maschine mit dem bekannten Physiker Hooke im Briefwechsel gestanden. Hooke riet ihm von der Anwendung der Papinschen Anordnung ab, wies aber darauf hin, daß der Erfolg in erster Linie von der schnellen

Erzielung des Vakuums abhänge. Offenbar unter dem Einfluß der Arbeiten Saverys gingen dann Newcomen und Cawley an die Lösung der von Hooke als wesentlich hingestellten Aufgabe und führten diese in der von uns beschriebenen Weise zu einem glücklichen Ende. Der Erfolg war, daß sie alsbald Saverys Maschine stark in den Schatten stellten.

Der Versuch Newcomens und Cawleys, ihre Maschine zu Griff in Warwickshire im Jahre 1711 in Betrieb zu setzen, scheiterte. Im Jahre 1712 aber erhielten sie den Bau einer Wasserförderungsanlage in Bromsgrave für einen gewissen Back in Wolverhampton.

Die zu überwindenden Schwierigkeiten waren sehr groß. Das Öffnen und Schließen der Hähne für den Zutritt des Dampfes und des Kühlwassers erfolgte von Hand. Wir müssen hier zu unserer vorstehend gegebenen Beschreibung noch ergänzend hinzufügen, daß unsere Abb. 24 bereits die im Jahre 1713 angebrachte Einspritzkondensation aufweist. Zunächst hatten Newcomen und Cawley die Kondensation des Dampfes durch Außenkühlung des Dampfzylinders bewirkt. Auch das von Papin erfundene Sicherheitsventil wurde bei späteren Ausführungen angebracht.

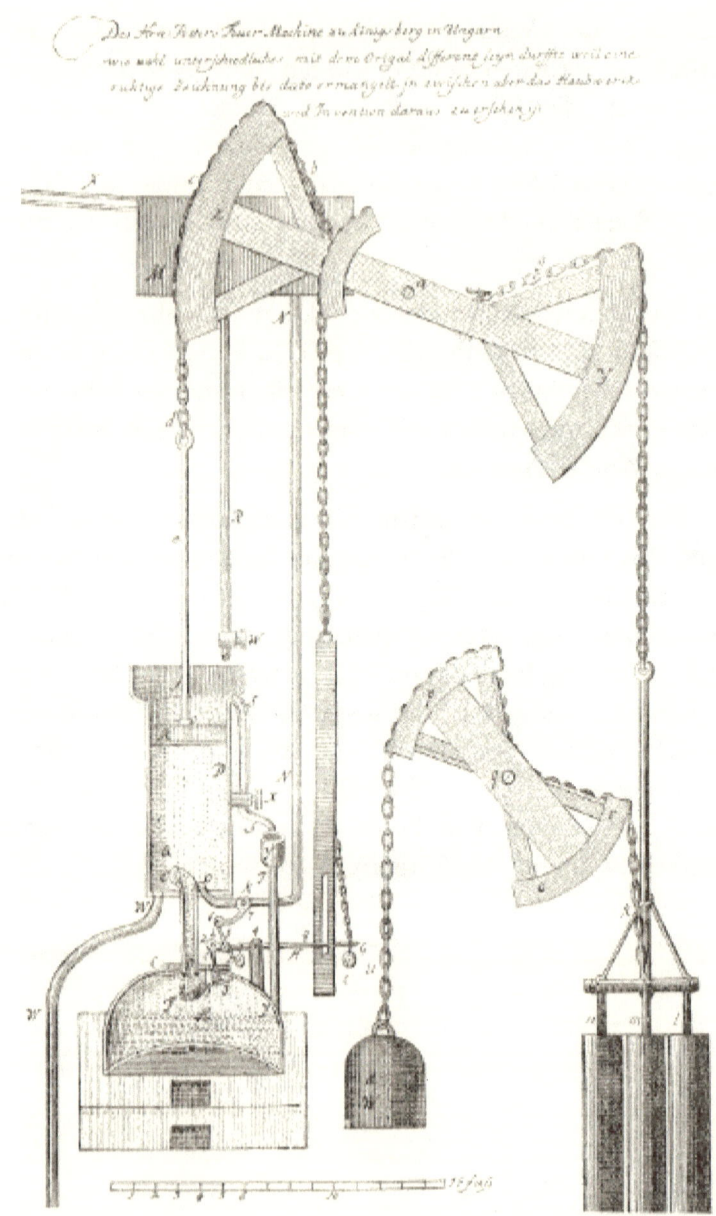

Abbildung 26. Dampfmaschine von Newcomen, Cawley und Potter.

Aus: Leupold, Theatrum Machinarum hydraulicarum. Band II. Tab. 44

Eine wesentliche Verbesserung der Newcomenmaschine wird einem mit der Bedienung der Hähne beauftragten Knaben, H u m p h r e y P o t t e r, zugeschrieben. Dieser soll im Jahre 1712 die rechtzeitige Verstellung der Hähne durch in geeigneter Weise angebrachte Schnüre selbsttätig bewirkt haben, so daß deren Bedienung von Hand nicht mehr erforderlich war. Diese Steuerung sowie die Einspritzkondensation sind nicht Gegenstand des Patentschutzes gewesen.

Im Jahre 1712 wurde durch einen Zufall die dampf- und wasserdichte Kolbenliderung erfunden. Man hatte auf dem Kolben ein Stück Leder befestigt, das den Kolben überragte und sich in einer Höhe von 2 bis 3 Zoll an die Zylinderwandung legte. Allmählich verschliß dieses Lederstück und lag schließlich nur noch mit seinem Querschnitt an der Zylinderwandung an. Hierbei machte man die Beobachtung, daß die Dichtung eine weit vollkommenere war als bisher, und man begnügte sich hinfort mit einer in den Kolbenumfang gelegten Lederscheibe.

Auch die Einspritzkondensation soll ihr Dasein einem Zufall verdanken, indem sie sich einst unbeabsichtigterweise durch ein im Kolben entstandenes Loch vollzog und sich durch schnelleres Niederschlagen des Dampfes vorteilhaft bemerkbar machte.

Im Jahre 1713 wurden zwei Newcomenmaschinen zu Newcastle in Betrieb gesetzt, eine dritte wurde zu Austhorpe in Yorkshire erbaut.

Im Jahre 1718 ersetzte B e i g h t o n die von Humphrey Potter angegebenen, die Hähne betätigenden Schnüre durch Hebel.

Schon im Jahre 1721 wurde die erste Newcomen-Maschine nach dem Kontinent, und zwar nach Königsberg in Ungarn, geliefert.

Diese Maschine ist in Abb. 26 dargestellt und wird von Leupold[51] wie folgt beschrieben:

> „Von der Feuer-Machine des Herrn Potters, welche er zu Königsberg in Ungarn gebauet, und allda mit gutem Succeß und Vergnügung der Compagnie das ihrige praestiren soll

Die Figur zeiget sich meist im Profil, da A der große Kessel, dessen Diameter 7 Fuß seyn soll, und 200 Eymer Wasser halten, muß allezeit ¾ voll Wasser, und das übrige voll Dampf seyn. Dieser Kessel ist gleichsam mit einem Ofen eingefasset, und mit Rost und Windfang versehen, wie es die Kunst erfordert. B C eine metallene Platte, so mit Schrauben an dem Kessel A befestiget, und in solcher eine dergleichen Röhre D E, so in D und E offen ist, bey E gekrümmt und erhoben, daß das kalte Wasser nicht hineinfallen kann, bei D aber mit einer Klappe versehen, die, vermöge des Gewichts F, die Öffnung D zuschliesset. Von dem Hintertheil dieser Klappe gehet ein starker Draht, der in der Platte B C wohl eingeschmergelt und außenher an den Hebel C H befestiget ist, damit wenn der Balcken oder Arm sich in die Höhe hebet, solcher mit dem Ansatz an diesen Hebel G q anstösset und die Klappe F zuschliesset, auch zugleich den Hahn K eröffnet, durch den Arm L, daß das kalte Wasser aus dem Kasten M durch die Röhre N N und Öffnung O durch viel subtile kleine Löcherlein als ein Regen herauspringet, den ganzen Zylinder P erkältet und den Dampf niederschläget und ein Vacuum machet. P Q ist der Zylinder, so in die 32 oder gar 36 Zoll in Diametro seyn soll, 8 Fuß hoch, und in die 30 Zentner wägen, R ein metallener Kolben, so auf denen Seiten mit Schrauben versehen, daß man Leder oder Holz dazwischen schrauben kan, damit der Kolben wohl anschliesset und kein Wasser durchlässet, die Bewegung dieses Kolbens soll 7 Fuß seyn; oben auf diesem Cylinder stehet noch ein Gefässe feste, in welchem allezeit kaltes Wasser aus dem Kasten M durch die Röhre R lauffet, und den Kolben mit dem Leder bedecket, und wenn der Kolben in die Höhe kommet, das Wasser in die Röhre S lauffet, aus welcher es, vermittelst eines Hahnes, so starck es nöthig ist, in die Röhre T bey V in den Kessel lauffet, und den Abgang des Wassers, so durch den Brodem hinwegziehet, ersetzet. Das Wasser, so durch die Röhre NO in den Cylinder PQ spritzet, und dasjenige, so sich durch den Brodem sammlet, lauffet durch die Röhre WW wieder ab, welches in die 5 Zoll in den Cylinder beträget; derohalben oben ein sehr starker Zugang, nämlich eine dreyzollige Röhre X voll Wasser von einer Höhe zufließen soll, wo es aber die Natur nicht zuführet, muß Anstalt gemachet werden, daß die Kunst selbst so viel Wasser hinauf hebet. Die Application zum Rohr oder Pumpen-Werk geschiehet vermittelst eines sehr starken in die 21 Fuß langen und 18 Zoll dicken Waag-Balcken YZ, an beyden Enden sind zwey Cirkel-Stücken YZ, deren Centrum die Achse a ist, über den Bogen Z gehet eine sehr starke Kette bcd, davon ein jedes Glied 10 Pfund wägen soll, an eine drey Zoll dicke eiserne Kolben-Stange def, und auf dem Bogen Y ist eine dergleichen starke Kette gb an die Stange ik befestigt, an diese aber drey Kolben-Stangen lmn angehangen, also daß, wenn der Kolben in der großen Röhre PQ niedergehet, er die Stange ik nebst denen drey Kolben-Stangen nach sich ziehet und die Wasser hebet. Damit aber die Schwehre der Kolben und Gestänge ins aequilibrium gebracht werde, ist noch ein andrer kleiner Waag-Balcken opq angeordnet, dessen Achse q über die beyden Bogen-Stücken aber gleichfalls zwey Ketten rs und tu gehn, davon die erste an das Kolben-Gestänge, die andere aber an das Gewicht w von 30 Centnern befestiget ist. Alles übrige Holtz- und Mauer-Werk oder Stellage ist weggelassen, damit man die Haupt-Stücke desto deutlicher fassen und sehen kan, die dann wohl ein jeder, wann es anders im Haupt-Werk richtig, noch eher anordnen kan. W und x sind zwey Hähne, dadurch den Zufluß des Wassers zu moderiren. Aus der Röhre s s fließet das Wasser in einen Trichter y T und von da in den Kessel. Was die Öffnung und Wiederzuschließung der Röhren betrifft, sowohl den Dampf aus dem Kessel bei D zu lassen, als frisches Wasser durch die Röhre O in Cylinder zu spritzen, kömmet solches mit des Herrn Potters Invention nicht überein, denn weil ich mir aus der Zeichnung kein rechtes Concept formiren können, so habe lieber eine andere Art anweisen wollen, nicht daß ich solche besser achte, sondern vielmehr dem Leser ein Concept hiervon zu machen, beydes muß sich zugleich öffnen und schließen; denn so bald sich F D schliesset, muß sich K O öffnen, und also auch im Gegentheil.

Es geschiehet aber hier also: F ist der Deckel oder Klappe so in 1 ein Charnier hat und darhinder einen Lappen, auf welchem eyn nach dem Cirkel gebohrtes und in die Platte wohl eingeschmergeltes Eisen aufruhet, solches Eisen ist mit einem Charnier an dem Waag-Balcken 2, 3 befestigt, der Waag-Balcken oder Hebel hat bei 4 seine Achse und bey 5 ist er wieder an einen Arm 5, 6 mit zwey Charnieren befestigt, so bey 6 einen Hebel 6, 7 fasset, der bey 7 an dem Würbel des Hahnes befestiget, und die Röhren N O auf- und zuschliesset, auf dem Hebel 2, 3 ruhet eyn Gewicht 8, so den Hebel bey 3 niederdrücket, und bey 2 erhebet, daß sich die Klappe F öffnen kan, das Gewicht 8 aber hanget an einer kleinen Kette, die am Balcken 7 befestiget ist, und wenn solche hoch genug erhoben, das Gewicht erhebet, daß es nicht mehr den Hebel niederdrücket, sondern das Gewicht 9 die Oberhand behält, und den Hebel in 2 und also auch die Klappe durchs Eisen 1 niederdrücket, und die Röhre D E zuschliesset, hingegen vermittelst des Armes 5, 6 den Hahn K eröffnet, daß das kalte Wasser in den Cylinder spritzet, und sobald das große Gewicht bey eher abfallender Stange I wieder auf dem Hebel ruhet, wieder die Klappe F öffnet und den Hahn K schliesset. Welches, wie es accurat anzuordnen, einen jedern die Praxis selber lehret; genug wenn so viel gewiesen habe, wie es geschehen soll oder muß. Solche Machine soll in 24 Stunden 24000 Eymer heben.

Wie und auf was Arth die Operation bey dieser Machine geschehe.

Selbige geschiehet nun nicht durch die Expansion, sondern durchs Vacuum, und die Pressung der äußerlichen Luft, welche auf den Embolum (Kolben) drücket, denn wenn die Klappe F eröffnet ist, so steiget der heiße Brodem aus den Kessel A im Cylinder P Q und treibet den Kolben f der mit dem Gestänge hklm meist in Aequilibrio ist, in die Höhe, und wenn er hoch genug ist, so machet die Stange J vermittelst des Hebels und Gewichtes, wie zuvorhero ist erklähret worden, die Klappe F zu, und den Hahn K auf, daß kaltes Wasser in den mit heißem Dampf gefüllten Cylinder spritzet, im Augenblick condensiret sich der Dampf im Wasser, fället zu Boden, und machet ein Vacuum, welches so gleich die äußere Luft wieder ersetzen will, und den Kolben mit solcher Gewalt hernieder treibet, daß es vermittelst des Waag-Balckens auf der anderen Seite durch die Kette h eine grausame Last Wasser auf einmahl hebet, welches viele Pferde zu thun nicht vermögend seyn. Ist aber der Kolben hernieder, so öffnet sich in dem Moment die Klappe wieder aufs neue, und treibet den Kolben wieder fort, nachdem sich auch der Hahn K zugleich mit zugeschlossen.

Und auf solche Weise gehet die Machine Tag und Nacht, ohne Anlegung einiges Menschen Hand, nur daß beständig ein Mann die Feuerung unterhalten muß, und bin berichtet worden, daß man anfangs in 24 Stunden drey Klaffter Holtz nöthig gehabt, ob es sich aber auch jetzo noch so befindet, oder ob mehr oder weniger gebrauchet wird, kan ich mit Gewißheit nicht sagen, woran uns zwar eben auch nichts gelegen, genug, daß man gezeiget: wie derselben Construktion und Fundament beschaffen, und daß mit solcher Krafft und Schnelligkeit selbige so viel arbeitet, daß hundert Pferde solches nicht praestiren können."

Um die Ausbildung der Einzelteile der Newcomen-Cawleyschen atmosphärischen Maschine machte sich S m e a t o n besonders verdient.

Nicht ohne Interesse ist die Frage der Kosten für eine Newcomenmaschine. Dieselben stellten sich für eine im Jahre 1725 für Andrew Wauchope bei Edminstone, Midlothian, errichtete Maschine auf 1007 £ 11 sh 4 d.

In dem bereits zitierten zweiten Bande seines im Jahre 1725 erschienenen Theatrum Machinarum hydraulicarum gibt Leupold in § 200 nachstehende Beschreibung einer Dampfmaschine, bei welcher zwei Kolben auf Balanciers einwirkten und eine ständige Arbeitsleistung herbeiführten (Abb. 27):

„Eine Feuer-Machine mit zwey Stiefeln
und Kolben, durch die Expansion die
Krafft auszuüben

A ist der Kessel, darüber ein Hahn, vermittelst dessen einmahl der Dunst aus A in Cylinder C, und die Lufft aus D durch die Öffnung EF kan gelassen werden. Also auch, wenn die Öffnung aus A nach E gewendet wird. Jeder Kolben hat an seiner Kolben-Stange einen Waag-Balcken GH, der auf der anderen Seite wieder eine Stange zum Kolben eines Druck-Werkes hat, und das Wasser durch die Steigröhren IK in die Höhe treibet.

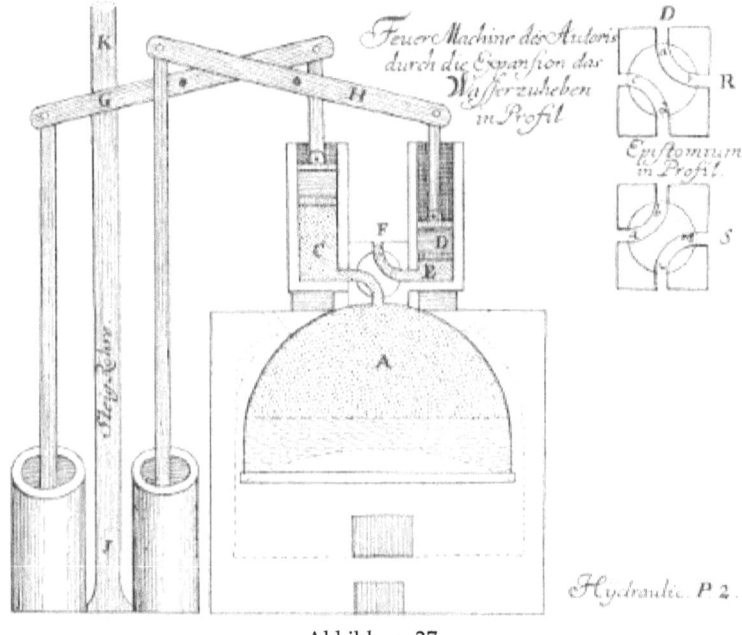

Abbildung 27.

Leupolds Zweikolben-Dampfmaschine.

Aus: Leupold, Theatrum machinarum hydraulicarum, Band II, Tab. 43, Fig. 2.

Wasser aus einem Brunnen oder Fluß etliche 20 bis 30 Ellen, oder auf ein Rad als Aufschlag-Wasser zu bringen, dürfte diese Machine ihre Dienste noch thun. Es kann auch alles gar leichte also angeordnet werden, daß sich die Epistomia (Hähne) selbst auf- und zuschließen, welches ich aber alles, wie auch auf was Art das Wasser in Kessel wieder zu ersetzen, mit Fleiß übergangen, weil es nur eine Anleitung seyn soll, auch reifferer Überlegung und Experimenta nöthig hat. Wie ich mir denn vorgenommen, künfftig eine etwas starke Probe zu machen, und einen Versuch zu thun:

Ob man eine Schneide-Mühle in einem Wald, da genug Holtz und stehende

134

Pfützen sind, auf solche Weise könte compendieus anlegen?

Weil mir aber Zeit und Gelegenheit zu dieser Machine, oder auch andere curieuse Proben und Versuche zu machen, itzo sogleich nicht vergönnet, so habe Hoffnung, es werde vielleicht ein andrer Curiosus daher Gelegenheit nehmen, ein und die andere Probe deßwegen anzustellen."

Das letzte von uns bisher genannte auf Dampfmaschinen oder Verwandtes erteilte englische Patent stammte aus dem Jahre 1698 und betraf die Saverymaschine. Bis zum Jahre 1712 begegnen wir überhaupt keiner auf Wasserförderungsvorrichtungen bezüglichen Patente. Vielleicht hat man hierin eine Folge des großen Einflusses zu erkennen, dessen sich Savery bei dem englischen Hofe erfreute.

Erst am 27. Juni 1712 wurde wiederum ein Patent auf „eine neue und überraschende Maschine zum Heben von Wasser" erteilt. Inhaber sind Lewis Mandell und John Grey. Sodann folgen weitere auf derartige Vorrichtungen erteilte Patente, von denen allerdings nicht feststeht, welcher Art sie waren: Nr. 397 vom 27. Mai 1714 (J. u. J. Coster), Nr. 410 vom 28. November 1716 (Holland), Nr. 414 vom 22. Juli 1717 (Shuttleworth), Nr. 437 vom 26. September 1721 (Oriebar).

Die Verwendung des Dampfes zum Beheizen verschiedener Vorrichtungen bildet den Gegenstand des Patentes Nr. 430 vom 25. Juni 1720, erteilt an Desaguliers, Niblett und Vreem. Triewalds Patent Nr. 449 vom 29. Juni 1722 ist bemerkenswert, weil der Gegenstand desselben ausdrücklich als eine Maschine bezeichnet ist, die durch die Kraft der Atmosphäre Wasser aus Bergwerken emporhebt. Das Patent Nr. 463 vom 26. Februar 1724 (John Dickins) bezieht sich auf das

Heben von Wasser sowie auf den Antrieb von Maschinen und Schiffen. Einen ausdrücklichen Verzicht auf die Benutzung des Feuers bei der Wasserförderung enthält die Urkunde des Patents Nr. 469 (Valentine Flower) vom 20. Mai 1724. Das Patent Nr. 472 vom 4. November 1724 (Robert Bumpstead) betrifft den Antrieb einer Mühle, wo fließendes Wasser oder Wind nicht zur Verfügung steht.

Das im Jahre 1725 an N u t t a l l und S k y r i n erteilte Patent Nr. 476 ist um deswillen von Interesse, weil hier angegeben wird, daß die Dampfmaschinen sehr teuer in der Anschaffung und Unterhaltung seien, „denn die Gewalt des Feuers zerbricht und zerstört sie oft ganz und gar".

Um die Verbreitung der Dampfmaschine zu fördern, bildete sich eine „V e r e i n i g u n g d e r B e s i t z e r d e r E r f i n d u n g, W a s s e r d u r c h F e u e r z u h e b e n". Die Namen der Mitglieder dieses „Dampfmaschinen-Ringes" waren: J o h n M e r e ș London; T h o m a s B e a k ẹ Westminster; H e n r y R o b i n s o ņ London; W i l l i a m P e r k i n s, Westminster; E d w i n W a l l i ņ London.

Bei dem Vergleich der Liste der englischen Patente mit den Namen der die Dampfmaschine zu immer gedeihlicherer Entwicklung führenden Männer begegnen wir der auffallenden Tatsache, daß gerade die wichtigsten Verbesserungen des Patentschutzes entbehrten. Vielleicht läßt sich dieses dadurch erklären, daß die obengenannte Vereinigung der Patentinhaber auch die von Potter, Beighton usw. gemachten Erfindungen auf gütlichem Wege erwarb und von einer Patentierung derselben absehen zu können glaubte, weil sie durch den Besitz der grundlegenden Arbeiten Saverys und Newcomens hinreichend gesichert war. Daß jene Gesellschaft sich sehr gut auf ihr Geschäft verstand, beweist das mit dem obengenannten Andrew Wauchope getroffene Abkommen. Hiernach waren für die Lizenz zur Errichtung der Maschine jährlich 80 £ zu entrichten, und zwar in Vierteljahrsbeträgen während der Dauer von acht Jahren, zu welchem Zeitpunkt das Patent ablief. Ließ Wauchope, sei es nach erfolgter Mahnung, sei es ohne eine solche, 40 Tage nach dem Zahlungstage ohne Zahlung verstreichen, so stand der Gesellschaft das Recht zu, die Maschine wieder an sich zu nehmen und zu ihrer Schadloshaltung zu verkaufen; ein etwaiger Überschuß sollte dem Lizenznehmer ausgezahlt werden.

Das unter dem 13. Juni 1726 an J a k o b R o w erteilte Patent Nr. 486 betrifft eine Maschine, um Wasser sowohl nach Menge als nach Förderhöhe erfolgreich zu heben, unter Anwendung entweder expandierter oder gepreßter Luft, sowie ein Verfahren, um mit großer Brennstoffersparnis alle Arten von Gefäßen, enthaltend Wasser oder andere Flüssigkeiten, zu beheizen.

Das unter Nr. 496 am 6. Mai 1728 an C a s e B i l l i n g s l e y erteilte Patent betrifft eine zweckmäßige und starke Maschine zum Heben von Wasser.

Bemerkenswert ist auch das am 19. Dezember 1728 an John Payne erteilte Patent Nr. 505, das darauf abzielt, in Fabriken erzeugte und zur Verfügung stehende Wärme zum Antrieb eines nach Art eines Wasserrades eingerichteten Rades zu verwenden.

Thomas Bewley und Thomas Holtham erhielten unter dem 10. März 1729 das Patent Nr. 507 auf eine Maschine, die unter abwechselndem Aussaugen von Luft und Anwendung des Druckes der Atmosphäre Wasser zur Entwässerung von Bergwerken und zur Wasserversorgung von Städten hebt.

Am 1. September 1729 erhielt John Allen, „Doktor der Physik", das Patent Nr. 513. Dasselbe betrifft die Konstruktion von Dampfkesseln; einen Apparat zum Trocknen von Malz; eine

Maschine zum Antrieb von Schiffen, die Verwendung von Schießpulver zur Erzielung motorischer Kraft. Dieses Patent ist bemerkenswert, weil es eine oberflächliche Beschreibung der betreffenden Einrichtungen bietet. Der Kessel soll dazu dienen, Dampf zu erzeugen, der Wasser fördern soll. Um die Leistungsfähigkeit des Kessels tunlichst zu erhöhen, verlegte Allen die Feuerung in den Wasserraum des Kessels hinein und fügte auch eine Rohrschlange ein. Zum Anfachen des Feuers benutzte er Gebläse.

Den Antrieb der Schiffe bewirkte er mit Hilfe der Reaktionskraft von Wasser, das er am Heck austreten ließ. Als Betriebskraft benutzte er eine Pulverexplosionsmaschine. Diese schlug er auch für die Entwässerung von Bergwerken vor. In dem Kessel soll Allen stündlich zehn und einen halben Kubikfuß Wasser verdampft haben. Das unter dem 13. Januar 1736 an John Payne erteilte Patent Nr. 555 betrifft einen Dampfkessel mit erhöhter Verdampfung. Diese wurde dadurch erzielt, daß in den Wasserraum des Kessels ein Schaufelrad eingebaut war, das in Drehung versetzt wurde und das Wasser gegen die beheizten Kesselwandungen schleuderte.

Nunmehr folgt ein Patent, das um deswillen unser besonderes Interesse in Anspruch nimmt, weil es einen bestimmt ausgesprochenen Vorschlag zur Benutzung der Dampfkraft für den Antrieb von Dampfschiffen enthält. Es ist unter Nr. 556 am 21. Dezember 1736 an J o n a t h a n H u l l erteilt. Dasselbe ist betitelt: „Eine Maschine, um Schiffe und Boote in oder aus Häfen oder Flüssen zu befördern gegen Wind und Strömung sowie bei Windstille". Als Antriebsmaschine benutzte Hull eine atmosphärische Dampfmaschine. In tiefen Gewässern trieb dieselbe zwei seitwärts am Schiff angebrachte Schaufelräder. In seichten Gewässern benutzte Hull Stangen, die bis auf den Grund des Gewässers reichten und durch Kurbeln in der Weise bewegt wurden, daß sie sich gegen den Erdboden stemmten und das Schiff vorwärts bewegten. Eine Darstellung des Hullschen Dampfschiffes, das übrigens niemals tatsächlich ausgeführt sein soll, gibt unsere Abb. 28 nach Finchams A History of naval Architecture, London 1851.

Abbildung 28.

Jonathan Hulls Dampfschiff. (Nach Fincham: A History of naval Architecture.)

P ist das vom Dampfkessel zum Dampfzylinder Q
führende Dampfrohr. R ist der Dampfzuleitungshahn. S ist
der Hahn für die Zuführung des Kühlwassers. U ist ein Seil,
an welchem der im Zylinder Q auf und ab bewegliche
Kolben aufgehängt ist. D a, D und D b sind drei Seilscheiben,
die auf einer quer zum Schiff liegenden wagerechten Welle
befestigt sind. H a und H b sind zwei Seilscheiben, die auf der
Welle des Schaufelrades III ... mittels Sperräder und Klinken
derart lose angebracht sind, daß sie die Welle nur in einer
Richtung, im Sinne des Uhrzeigers, also im Sinne der
Vorwärtsbewegung des Schiffes, in Drehung versetzen.

Das Seil Fb führt von Hb nach Db derart, daß, wenn die Räder Da, D und Db sich nach vorwärts drehen, auch die Schaufelradwelle sich nach vorwärts dreht. An dem Rade D ist das den Kolben tragende Seil U aufgehängt. Das Seil Fa führt von dem Rade Ha zu dem Rade Da derart, daß, wenn die Räder Da, D und Db sich nach vorwärts drehen, das Rad Ha und das Seil F ein an letzteres angehängtes Gewicht heben, während die Seilscheibe Hb die Schaufelwelle vorwärts dreht. Ist nunmehr das Gewicht gehoben, und drehen sich alsdann die Räder Da, D und Db rückwärts, so wird das Seil Fa freigegeben und das an F befestigte Gewicht dreht die Seilscheibe Ha vorwärts. Auf diese Weise wird bewirkt, daß die Schaufelradwelle sich stets nach vorwärts bewegt, mag der an der Rolle D angreifende Kolben sich auf- oder abwärts bewegen, oder mögen sich die Scheiben Da, D und Db nach vorwärts oder rückwärts bewegen.

In seinem im Jahre 1738 erschienenen Werke Hydrodynamica schlug D a n i e l B e r n o u i l l i vor, für den Antrieb von Schiffen die Reaktionskraft des am Heck unterhalb der Wasseroberfläche ausgetriebenen Wassers zu benutzen.

J o h n W i s e erhielt am 7. August 1740 das Patent Nr. 571 auf eine besondere Verwendung der Feuermaschine. Diese letztere ist als solche bekannter Art vorausgesetzt, aber, anstatt daß sie Wasser schöpft, ist sie an dem Ende ihres Balanciers mit einer Kette, einem Seile oder einer Stange versehen, welche senkrecht zu derjenigen Vorrichtung führt, die die eigentliche Erfindung Wises bildet und unter einem besonderen Dach steht. Diese Maschine besteht aus einer horizontalen Welle, auf der sich ein Sprossenrad befindet, das durch ein von dem Balancier der Dampfmaschine durch eine Kette oder dergl. betätigtes Zahnrad in eine halbe Umdrehung versetzt wird. Nach Vollendung dieser halben Umdrehung kommen das

Sprossenrad und das Zahnrad außer Eingriff, und die Umdrehung der das Sprossenrad tragenden Welle wird durch ein auf dessen Welle angebrachtes Schwungrad vollendet. Ist der Eingriff des Zahnrades und des Sprossenrades aufgehoben, so wird ersteres durch ein Gewicht in seine Anfangslage gebracht und erhält nunmehr wiederum durch die Kette des Balanciers eine halbe Umdrehung, welche es dann wiederum auf das Sprossenrad überträgt. Die das Sprossenrad tragende Welle erhält somit durch Beihilfe des Schwungrades eine stetige Drehbewegung. — Leider ist die Beschreibung dieser Maschine nicht durch eine Zeichnung erläutert.

Unwillkürlich drängt sich uns hier die Frage auf, aus welchem Grunde Wise nicht die bereits damals bekannte und gebräuchliche Kurbel benutzt hat. Daß diese insbesondere auch bei Wasserhebemaschinen in Benutzung war, geht aus einer in den Abridgements gemachten Mitteilung hervor, derzufolge im Jahre 1740, also in dem Jahre der Erteilung des Wiseschen Patents, auf den London Bridge Water Works gußeiserne Kurbeln benutzt wurden.

Nebenbei möge hier bemerkt werden, daß die Zylinder der damaligen Dampfmaschinen meist aus Rotguß hergestellt wurden. Allerdings versuchte man auch, das billigere Gußeisen zu benutzen. Dieses erforderte aber durchschnittlich eine Wandstärke von 1 Zoll, während die Rotgußzylinder nur einer solchen von 1/4 Zoll bedurften. Diese geringere Wandstärke hatte den großen Vorzug, daß der Wärmeaustausch, insbesondere bei der die Kondensation des Dampfes bewirkenden Abkühlung, ein erheblich beschleunigter war, die Leistung der mit gußeisernen Zylindern arbeitenden Dampfmaschinen stand infolgedessen um 1/8 bis 1/10 hinter den mit Rotgußzylinder arbeitenden zurück.

Die D a m p f k e s s e l hatte man bis zum Jahre 1740

meist aus Kupfer und aus Blei hergestellt. In diesem Jahre erfand P a r r o t eine bessere Vernietung der Eisenplatten, infolgedessen das Eisen das teure Kupfer und Blei verdrängte.

Im Jahre 1743 berichtete Gensanne, daß auf dem Kontinent drei Dampfmaschinen aufgestellt wurden: eine zu Fresne bei Condé, die zweite zu Sars bei Charleroy, die dritte bei Namur. Die beiden ersteren dienten zum Entwässern von Kohlenminen, die letztere zur Wasserhaltung einer Bleigrube. Von der zu Fresne aufgestellten Maschine gibt Belidor in seiner Architecture Hydraulique, Bd. 2, Zeichnungen.

Bei Newcastle benutzte man damals Feuermaschinen zum Antrieb von Wasserrädern in der Weise, daß jene das Wasser diesen von oben zuführten. Diese Räder waren mit Schaufelungen entgegengesetzter Richtung versehen. Je nachdem man das Wasser der einen oder der anderen Hälfte zuführte, drehte sich das Rad in der einen oder in der anderen Richtung. Auf diese Weise wurden die Räder zur Auf- und Abwärtsbewegung der Fördergefäße benutzt. Nach der Angabe anderer Schriftsteller stammen derartig umgesteuerte Wasserräder bereits aus älterer Zeit.

Eine wesentliche Verbesserung des Dampfkessels ließen sich am 12. Juli 1748 T h o m a s S t e v e n s und M o s e s H a d l e y unter Nr. 634 patentieren. Dieselbe ging zielbewußt auf eine erhöhte Ausnutzung des Brennstoffes aus. Der Kessel hatte eine halbkugelförmige Gestalt, besaß aber Wassertaschen, die von dem wagerechten Boden nach unten hin in die Feuerzüge hineinragten. Die Feuerung lag unter dem Mittelpunkte des Kessels, und von ihr führten die Feuerzüge die Heizgase in Spiralwegen zum Schornstein, hierbei die Wassertaschen in ausgiebigstem Maße bespülend. Dieses Patent enthält eine Zeichnung des Dampfkessels.

Wie Smeaton im Jahre 1754 berichtet, brachte D e

M o u r a an dem Dampfgefäß der Saveryschen Maschine einen Schwimmer an, der die Kondensation und den Dampfaustritt selbsttätig regelte.

Erst nach einer Pause von sieben Jahren begegnen wir dann wiederum einem auf die Dampfmaschine bezüglichen Patent. Dasselbe ist unter Nr. 703 am 8. August 1753 dem „Ingenieur" G e o r g J o h n erteilt und betrifft ein Verfahren, durch welches vermieden wird, daß beim Tieferbringen von Schächten die gesamte Pumpenanlage abgebrochen und tiefer gelegt werden muß.

Ein für die weitere Ausbildung des Dampfkessels wichtiges Patent wurde unter dem 27. Mai 1756 dem Puddler J o h n W r i g h t unter Nr. 709 erteilt. Dieses Patent bezweckte gleich dem vorgenannten Patent Nr. 634 (Stevens und Hadley) eine tunlichst weitgehende Ausnutzung der Heizkraft der Feuerungsstoffe und steht in einem wohltuenden Gegensatz zu der damals allgemein üblichen Kohlenvergeudung. John Wright beabsichtigte, eine tunlichst große Berührungsfläche zwischen den Feuergasen und den Kesselwandungen herbeizuführen. Da der damalige Stand des Dampfkesselbaues den Einbau eines Innenrohres nicht ermöglichte, führte Wright die Feuergase an die Außenseite des Kessels zurück. Das Speisewasser wurde an derjenigen Stelle des Kessels eingeführt, wo die Feuerung die größte Wärmewirkung hervorbrachte. Schließlich schlug Wright auch noch vor, die von dem Kessel ausstrahlende Wärme zum Rösten von Zinn-, Blei- und Eisenerzen u. a. m. zu verwenden, indem er diese Stoffe in einen unterhalb des Kessels angeordneten Hohlraum einbrachte. Im Jahre 1756 brachte dann noch Sampson Swain einen nicht unter Patentschutz gestellten Dampfkessel in Vorschlag, bei welchem eine Schlange die Feuergase durch den Wasserraum leitete.

In demselben Jahre wurden zwei aus England bezogene

atmosphärische Maschinen auf einer Kupfermine am Passaic in Nordamerika in Betrieb gesetzt.

Unter dem 12. März 1757 erhielt I s a a c W i l k i n s o n das Patent 713 auf eine mittels einer Feuermaschine angetriebene G e b l ä s e m a s c h i n e. Diese letztere hatte folgende Einrichtung: viereckige, runde, längliche, achteckige oder irgendwie anders gestaltete Gefäße aus Eisen, Holz, Messing, Kupfer, Blei oder einem anderen Material oder aus einem zusammengesetzten Material werden einzeln, zu zweien, dreien, vieren, sechsen oder mehreren entweder nebeneinander oder übereinander angeordnet, und zwar sind dieselben derartig eingerichtet, daß wenn sie mit Luft gefüllt sind, diese Luft durch eine entsprechend hohe Wassersäule gepreßt wird, die in die Gefäße eintritt und den von der Luft bisher eingenommenen Raum einnimmt. Mit Hilfe von Ventilen, Regelungseinrichtungen, Hähnen oder Hebern, die sich abwechselnd öffnen oder schließen, wird das Wasser ein- und die Luft ausgelassen und letztere durch ein Rohr auf eine beliebige Entfernung fortgeführt, so daß ein Schmelzofen oder eine Schmiede oder ein anderes Werk von einem Wasserfall oder von einer Feuermaschine aus mit Gebläseluft versorgt werden kann.

Im Jahre 1757 suchte K e a n e F i t z g e r a l d die Verdampfung dadurch zu beschleunigen, daß er in das im Dampfkessel enthaltene Wasser Luft durch Gebläse einführte.

Im Juni 1757 veröffentlichte Professor J o h n R o b i s o n im „Universal Magazine" eine Dampfmaschine mit umgekehrt angeordnetem Zylinder.

Im Jahre 1758 versuchte F i t z g e r a l d die schwingende Bewegung des Balanciers durch Zahnräder und Sperrwerke auf eine umlaufende Welle zu übertragen.

Das nun zu nennende Patent James Brindleys Nr. 730 vom 27. September 1758 ist unter den Fachleuten bekannter als die Mehrzahl der vorgenannten Patente. Unter anderem erwähnt dasselbe auch Severin in seiner Geschichte der Dampfmaschine[52].

Der Titel des Brindleyschen Patents lautet allgemein: „Eine Fördermaschine zum Entwässern von Bergwerken und Ländereien, oder zur Wasserversorgung von Städten und Gärten". Brindley schlägt vor, den Kessel aus Ziegelstein oder natürlichem Stein, zum Teil sogar aus Holz herzustellen; die Stirnwand, wo die Feuerung angebracht wird, besteht aus Gußeisen. Um der durch die Wärme bewirkten Ausdehnung sich anschließen zu können, werden Dilatationsplatten angebracht. Der die Feuerung umgebende Raum ist ganz aus Gußeisen hergestellt und liegt vollständig im Wasser. Brindley glaubte, durch diese Anordnung eine größere Sparsamkeit und Sicherheit zu erzielen, als dies bei den bisher üblichen eisernen, leicht explodierenden Kesseln möglich war.

Des weiteren schlug Brindley vor, die großen an dem Balancier angreifenden Triebketten nicht aus Eisen, sondern aus Holz mit eisernen Gelenkzapfen herzustellen.

Die wichtigste der von Brindley angegebenen Neuerungen besteht aber in der selbsttätigen, vom Kesselwärter durchaus unabhängig sich vollziehenden Speisung des Kessels mit Wasser. Zu diesem Zweck schließt er das Speiserohr nach dem Innenraum des Kessels hin mittels Schwimmer, welche Ventile tragen, ab. Sinkt der Wasserstand, so öffnen sich diese Ventile und lassen frisches Speisewasser in den Kessel treten.

Von besonderem Interesse ist auch das unter dem 25. Mai 1759 an Henry Wood erteilte Patent Nr. 739. Dasselbe ist bezeichnet als das Betreiben einer

Feuermaschine nach einem neuen Grundsatz, der völlig abweicht von den bisher üblichen und weniger als die Hälfte der bisher für Kohlen aufgewendeten Kosten verursacht. Das gegenüber den bekannten Verfahren Neue bestand darin, daß die Feuermaschine nicht mit Dampf, sondern mit erhitzter Luft betrieben wurde. Die Erhitzung der Luft geschah in der Weise, daß Wood die Luft durch Feuer oder durch auf Rotglut erhitzte Röhren oder durch kochendes Wasser streichen ließ, oder daß sie auf irgendeine andere Weise erhitzt oder verdünnt wurde. Die heiße Luft kann in den Zylinder der Maschine auf verschiedene Art eingeführt werden, entweder mittels Blasebälgen oder kleiner Luftpumpen mit besonderen Kolben und Ventilen, oder es kann der Überdruck der Atmosphäre durch Heizkörper hindurch die Luft in den Zylinder während des Emporsteigens des Maschinenkolbens hineindrücken und auf diese Weise den Zylinder mit heißer Luft anfüllen, die dann zur Erzielung eines Vakuums kondensiert werden und nach der Kondensation aus dem Zylinder hinausbefördert werden muß. Diese Entfernung der Luft aus dem Zylinder kann auf verschiedene Weise bewirkt werden; wird die heiße Luft in den Zylinder durch eine den Atmosphärendruck übersteigende Kraft hinausgetrieben, so wird diese Kraft die Luft durch das sogenannte Blubberventil (snifting pipe) hinaustreiben; ist der angewendete Druck dem der Atmosphäre gleich, so muß die kondensierte Luft durch eine Pumpe hinausgepumpt werden, die entweder von der Maschine oder sonstwie angetrieben wird. „Meine Erfindung besteht", so führt Wood aus, „also in dem Betrieb einer Feuermaschine durch eine der genannten Methoden oder auf eine bisher nicht bekannte Weise, die auf der Benutzung erhitzter oder verdünnter Luft beruht, oder auf der Benutzung von heißer Luft in Verbindung mit Dampf, welch letzterer dann unvermeidlich ist, wenn die Erhitzung der Luft in Röhren mittels kochenden Wassers erfolgt."

Trotzdem die Sprache der Patentschrift erkennen läßt, daß es sich hier um eine zielbewußte Ausnutzung tiefer physikalischer Kenntnisse handelt, ist über eine praktische Ausführung der sachgemäß durchgeführten Maschine nichts festzustellen.

Nunmehr folgt das an J o n a t h a n   G r e e n a l l unter dem 6. Februar 1761 erteilte Patent Nr. 761. Dasselbe weist allerdings eine schwerverständliche Beschreibung und unklare Zeichnung auf, läßt jedoch zweifellos folgende vier wesentliche Neuerungen erkennen:

1. Aufstellung der Dampfmaschine getrennt vom Dampfkessel;

2. Einschaltung eines als „Receiver" bezeichneten Dampfgefäßes zwischen Kessel und Maschine;

3. die Anordnung einer Pumpe für das Einspritzwasser;

4. die Zuführung bereits erhitzten Wassers zum Kessel.

Das nunmehr folgende Dampfmaschinenpatent enthält ebenfalls eine Anzahl wichtiger Neuerungen. Trotzdem ist dasselbe in den Abridgements of Specifications, relating to the Steam Engine nicht enthalten. Dieses Patent ist unter Nr. 762 am 20. Mai 1761 an M i c h a e l   M a i n z i e s verliehen. In demselben wird u. a. der Vorschlag gemacht, maschinell angetriebene Vorrichtungen zum Loslösen der Kohle vor Ort zu benutzen. Weit wichtiger sind jedoch die auf die Dampfmaschine bezüglichen Vorschläge. Der erste derselben geht dahin, die Abnutzung und Zerstörung der Roststäbe der Dampfkesselfeuerungen dadurch zu vermeiden, daß die Roststäbe hohl gestaltet und in ihrem Innern durch Wasser gekühlt werden, das in den Dampfkessel übertritt. Auf diese Weise werden nicht nur die Roststäbe geschont, sondern auch die Verdampfung wesentlich gefördert. Ein zweiter nicht minder wichtiger Vorschlag geht dahin, die Beschickung der Feuerung mit Brennmaterial nicht durch den Heizer, sondern durch mechanische Vorrichtungen zu bewirken.

Das folgende Jahr, 1762, ist um deswillen bemerkenswert, weil in dessen Verlauf das dem Marquis of Worcester erteilte Patent ablief.

In demselben Jahre verließ Hindley die bisher übliche Anordnung, bei welcher ein Balancier benutzt wurde, um die von dem Dampfkolben ausgehende Bewegung zu übertragen. Er stellte die zu betreibende Pumpe unterhalb des Zylinders auf und verband die Kolbenstange des Zylinders mit der der Pumpe durch einen Rahmen, der durch den Dampfkolben wie ein Schiebefenster auf und ab bewegt wurde. Nach Hindleys Tode vollendete Smeaton eine solche Maschine für die Wasserwerke zu Kingston upon Hull.

Zu derselben Zeit wurde in der Nähe von Glasgow eine Dampfmaschine zum Betrieb einer Kohlengrube in Betrieb gesetzt.

Am 10. Oktober des Jahres 1763 erhielt Joseph Oxley das Patent Nr. 795 auf eine Vorrichtung zum Fördern von Kohlen aus Gruben und zu anderen Zwecken mit Hilfe einer Feuermaschine. Die Konstruktion der letzteren war hierbei gleichgültig. Es handelte sich vielmehr lediglich um die Vorrichtung, zu deren Antrieb die hin und her gehende Bewegung des Balanciers durch eine Anzahl von Zwischenvorrichtungen, so z. B. ein Wendegetriebe, in eine stetige Drehbewegung umgesetzt wurde. Nach Angabe der Abridgements soll diese Einrichtung während einiger Jahre in Seaton Delaval in Betrieb gewesen sein. Allerdings wird hier als Erfinder nicht Joseph, sondern John Oxley genannt.

Über den damaligen Stand des Dampfmaschinenbaues machten die Annales of Newcastle vom 26. Februar 1763 eine interessante Mitteilung. Sie berichten über die Ankunft eines riesigen Dampfzylinders, der 10½ Fuß lang war, in der

Bohrung 74 Zoll maß und mit Boden und Kolben gegen 11 Tonnen wog. Die Maschine (nach Newcomen) hebe bei jedem Hub 15⅓ Tonnen Wasser. Ohne Kolben und Boden wog der Zylinder 6½ Tonnen. Die Bohrung war völlig rund ausgeführt, schön poliert und machte dem ausführenden Werke Colebrook Dale in Shropshire alle Ehre.

Im folgenden Jahre, 1764, begegnen wir in der Geschichte der Dampfmaschine zum ersten Male dem Namen J a m e s W a t t s

Dieser, seines Zeichens Mechaniker[53], erhielt zu jener Zeit den Auftrag, das Modell einer Newcomen-Dampfmaschine, das an der Universität Glasgow zu Vorlesungszwecken benutzt wurde, zu reparieren. Hierbei erhielt Watt die Anregung zu einer Reihe von Verbesserungen, die ihm später den Ruhm eintrugen, der Schöpfer der modernen Dampfmaschine zu sein. Bis zu dem Zeitpunkt aber, wo er zum Abschluß seiner bahnbrechenden Arbeiten gelangte, wurden noch anderen Verbesserern der Dampfmaschine und des Dampfkessels englische Patente erteilt.

Unter dem 9. Mai 1766 erhielt R o b e r t F a l l das Patent Nr. 844 auf ein billiges Verfahren, alle Sorten von Flüssigkeiten zu erhitzen, und auf eine neue mechanische Einrichtung, durch welche Feuer in einer bisher nicht benutzten Weise angewendet wird. Fall legte in das Innere des Dampfkessels eine Rohrschlange ein, durch welche die Feuergase hindurchgeführt und auf diese Weise nach Möglichkeit ausgenutzt wurden. Fall ging jedoch noch weiter, indem er die Wärme der Feuergase mehrfach ausnutzte. Zu diesem Zweck ordnete er mehrere Kessel nebeneinander in der Weise an, daß die Feuergase, nachdem sie den einen Kessel durchstrichen und beheizt hatten, in schlangenförmige Feuerzüge des anderen Kessels hinübertraten. Auffallenderweise findet sich dieses wichtige

Patent in den Abridgements nicht verzeichnet.

Am 9. Oktober 1766 erhielt W i l l i a m   B l a k e y das Patent Nr. 848 auf Verbesserungen der Saverymaschine. Diese Verbesserungen bestanden im wesentlichen darin, daß er in dem oberen Teile des Zwischengefäßes (Receiver) eine durchbrochene Platte einlegte und, um die Kondensation des auf das zu hebende Wasser einwirkenden Dampfes zu verhüten, zwischen beiden eine Ölschicht einfügte.

Am 3. Januar 1767 erhielt J o h n   S t e w a r t das Patent Nr. 859 auf eine außerordentlich umständliche Einrichtung, um die hin und her gehende Bewegung des Balanciers in eine drehende Bewegung umzusetzen. Im Jahre 1767 wurde bei Grosetto, in der Nähe von Castiglione in Toskana, auf einer Saline eine Saverymaschine zum Heben von Wasser errichtet.

In demselben Jahre (am 25. März 1767) wurde an J o h n B a r b e r das Patent Nr. 865 auf ein neues Verfahren erteilt, um Wasser aus Gruben und Schiffen zu fördern, sowie Städte und andere Orte mit Wasser zu versorgen und Lasten aller Art, insbesondere Kohle, mit Hilfe von Feuer, von Wasser oder durch beides zu heben. Leider lassen Beschreibung und Zeichnung die Wirkungsweise der in Vorschlag gebrachten Einrichtungen nicht klar erkennen.

Daß die damaligen im Betriebe befindlichen Dampfmaschinen sehr kostspielig waren, geht u. a. auch aus dem Patent Nr. 875 (D u n c o m b e und P o l i l e) hervor. In diesem Patent tritt der allgemein beobachtete Mißstand der damaligen Dampfmaschine, im Betriebe unwirtschaftlich zu sein, in die Erscheinung. Die Erfinder geben als Zweck ihrer Maschine den Antrieb von Bratspießen und das Fördern von Wasser aus Bergwerken an. Zugleich aber weisen sie darauf hin, daß durch ihre Maschine den Grubenbesitzern d i e   h o h e n   K o s t e n   d e r   F e u e r m a s c h i n e n und anderen Maschinen erspart werden sollen.

Am 5. Juli 1768 erhielt J o s e p h H a t e l e y unter Nr. 895 ein Patent auf „eine neue Feuermaschine mit Kessel, beide von besonderer Art". Das Wesentliche der Maschine bestand darin, daß der Zylinder mit einem Mantel versehen war, in welchem zur Beschleunigung der Kondensation des Dampfes Kühlwasser zirkulierte. Auch der Kolben besaß einen zur Aufnahme von Kühlwasser dienenden Hohlraum. Bei dem Dampfkessel hatte Hateley sich es angelegen sein lassen, die Feuergase tunlichst auszunutzen. Zu diesem Zwecke wurden diese nicht allein um den Kessel herumgeleitet, sondern auch mittels eines in den Kessel eingenieteten Rohres durch das Innere des Kessels hindurchgeführt. Die Maschine sollte zum Betriebe von Getreidemühlen, Walzwerken und Bohrmaschinen zum Ausbohren von Zylindern, Geschützrohren und sonstigen Rohren dienen.

Ein am 14. März 1768 unter Nr. 897 an S a m u e l W i s e erteiltes Patent betrifft eine Vorrichtung, um die hin und her gehende Bewegung des Balanciers in eine drehende umzuwandeln. Von dem Balancier aus wurde mittels einer Kette eine wagerechte Welle in eine hin und her gehende Bewegung versetzt. Auf dieser Welle waren zwei Zahnräder befestigt, die nur auf der Hälfte ihres Umfanges Zähne besaßen und abwechselnd in ein an einer stehenden Welle angebrachtes, ebenfalls nur auf der Hälfte seines Umfanges mit Zähnen versehenes Rad eingriffen und die Welle in stetige Drehung versetzten.

In demselben Jahre schlug R. L o v e l E d g e w o r t h vor, Wagen mit Hilfe des Dampfes zu treiben.

Um diese Zeit beschäftigte sich auch N i c o l a u s C u g n o t in Paris mit der Konstruktion eines Dampfwagens, den er dann auch unter Beihilfe des

Kriegsministers im Jahre 1770 vollendete. Dieser Dampfwagen konnte 12–15 Minuten lang mit einer Stundengeschwindigkeit von 4 km laufen, mußte aber dann anhalten, um von neuem Dampf zu schaffen. Auf dem Vorderteile des Wagens stand der sehr einfach eingerichtete Dampfkessel, dahinter die Dampfmaschine, die mittels eines Sperrwerkes das Vorderrad in Drehung versetzte. Der Wagen hatte nur drei Räder, eins vorn, zwei hinten. Die Dampfmaschine besaß zwei Zylinder von je 330 mm Durchmesser. Die Steuerung der Maschine bestand in einem mit entsprechenden Bohrungen versehenen Hahn, der von dem Kolben aus mit Hilfe einer Kette bewegt wurde.

Inzwischen hatte nun bereits die Tätigkeit desjenigen Mannes begonnen, dem es beschieden sein sollte, auf Grund der vervollkommneten Kenntnis des Wesens des Wasserdampfes und auf Grund eigener Versuche, in hohem Geistesfluge seinen Zeitgenossen weit vorauseilend, die Dampfmaschine zu dem gewaltigen Rüstzeug des Fortschritts zu machen, das sie hinfort bilden sollte. Schon im Jahre 1759 hatte J a m e s W a t t auf Anregung Robisons sich mit dem Plan, die Dampfkraft zum Antrieb von Fahrzeugen zu verwenden, befaßt, ohne sich jedoch hierfür erwärmen zu können. So ließ er sich noch im Jahre 1769 in einem an Dr. Small gerichteten Briefe über einen derartigen Plan des Londoner Leinenhändlers Moore wie folgt aus: „Wenn der Leinenhändler Moore nicht meine Maschine anwendet, um seine Wagen zu treiben, so kann er überhaupt zu keinem Ergebnis kommen, und wenn er es tut, werde ich ihn daran hindern."

Wir sind in unseren bisherigen Mitteilungen mehrfach Versuchen begegnet, in die Erkenntnis des Wesens des Wasserdampfes einzudringen. Wenngleich das Altertum einen Unterschied zwischen Dampf und Luft nicht kannte, so mußte sich dennoch schon bei den von Heron von

Alexandrien beschriebenen Vorrichtungen dieser Unterschied unwillkürlich geltend machen. Jedoch auch Salomon de Caus huldigte, wie wir gesehen haben, noch den Anschauungen des Altertums, insbesondere denen des Aristoteles.

Papins unsterbliches Verdienst war es, durch Benutzung des Kolbens als Kraftaufnehmer der späteren Entwicklung der Dampfmaschine, wie sie sich zuerst durch Newcomen und Cawley vollzog, die Wege gewiesen zu haben. Leider gelang es Papin nicht, des größten Fehlers seiner Maschine, des hohen Dampfverbrauchs, Herr zu werden. Der von ihm in Vorschlag gebrachte, durch einen eisernen Bolzen erwärmte Kolben (Abb. 25) konnte für einen sparsameren Dampfverbrauch bei weitem nicht genügen. Auch mußte die Maschine stets zum Stillstand gebracht werden, wenn ein erwärmter Bolzen von neuem in den Kolben eingebracht werden mußte. Allerdings bot die Dampfmaschine von Newcomen und Cawley gegenüber derjenigen Papins erhebliche Vorzüge, die im wesentlichen rein baulicher Natur waren, sich aber bezüglich der Ausnutzung der Dampfkraft sehr vorteilhaft bemerkbar machten. Hier ist die gute Abdichtung des Kolbens im Dampfzylinder besonders hervorzuheben, die ein Hinübertreten des Kühlwassers über den Kolben hinaus und hiermit eine Abkühlung des Zylinders bis zu einem gewissen Grade verhütete. Jedoch auch diese Maschine nutzte den Dampfdruck nur mangelhaft aus; sie erforderte daher Zylinder von großem Durchmesser.

Vom Beginn des 17. Jahrhunderts ab, also zu einer Zeit, die ohnehin schon der Dampfmaschine eine kräftige Förderung brachte, vollzog sich auch ein großer Fortschritt auf dem Gebiete der Kenntnis der luftförmigen Körper: Johann Baptist van Helmont (geb. 1577, gest. 1644) unterschied zwei Arten von Luft, nämlich eine solche, die ihre luftförmige Beschaffenheit auch dann beibehält, wenn sie abgekühlt wird, und eine solche, welche, um luftförmig zu bleiben, der Zufuhr von Wärme bedarf, anderenfalls aber sich verdichtet, kondensiert. Die erste Art von Luft bezeichnet van Helmont als G a s.

H a l l e y (geb. 1656, gest. 1742) erklärte das Wesen des Wasserdampfes dahin, daß dieser aus kleinen hohlen Wasserbläschen bestehe, die mit verdünnter Luft gefüllt seien. Infolgedessen steige der Dampf, da er leichter als die atmosphärische Luft sei, in dieser in die Höhe. D e r h e m wollte diese Wasserbläschen unter dem Vergrößerungsglase erkannt haben. Der Kanzler der Universität Halle, C h r . W o l f (geb. 1679, gest. 1754), versuchte den Grad der Verdünnung der Luft in den Wasserbläschen festzustellen. C h r i s t i a n G o t t l i e b K r a t z e n s t e i n (geb. 1723, gest. 1795) befaßte sich ebenfalls mit der Erforschung der Wasserbläschen und gab ihren Durchmesser zu 1/50000 Zoll an.

Das Streben der Physiker, sich mit dem Wesen des Wasserdampfes zu befassen, erfuhr eine erfreuliche Anregung durch ein Preisausschreiben, das die Akademie der Wissenschaften zu Bordeaux im Jahre 1743 ausschrieb für die Erklärung des Umstandes, daß der Wasserdampf nach aufwärts steigt. Aus der Zahl der eingegangenen Preisbewerbungen wurden zwei mit einem Preise bedacht. Den einen Preis erhielt K r a t z e n s t e i n, der bereits den Durchmesser der Wasserbläschen berechnet hatte und sich auf den Boden der Bläschentheorie Halleys stellte.

Einen hiervon völlig abweichenden Standpunkt nahm die andere Preisarbeit ein, deren Verfasser G e o r g E . H a m b e r g e r war. Nach Hambergers Auffassung löst sich das Wasser in der Luft in derselben Weise wie das Salz im Wasser. Auf dieser Lösungstheorie weiter bauend, wies dann C h a r l e s l e R o y (geb. 1726, gest. 1779) darauf hin, daß in derselben Weise, wie man in Wasser nur eine beschränkte Menge Salz zu lösen vermöge, auch die Luft nur eine beschränkte Menge Wasser aufnehmen könne. Er erkannte also bereits das Wesen der S ä t t i g u n g und bezeichnete Luft, die Wasser nicht mehr aufzunehmen vermag, als gesättigt, wie man eine Salzlösung, die weiteres Salz nicht mehr aufnehmen kann, als gesättigt benennt.

Das einer gesättigten Lösung zugeführte Salz löst sich nicht auf, sondern setzt sich auf dem Grunde der Lösung ab. Die gleichartige Erscheinung tritt ein, wenn man in den gesättigten Wasserdampf weitere Dampfmengen einführt; alsdann schlägt sich dieser Dampf zu Tropfen nieder. Entsprechend der Tatsache, daß warmes Wasser mehr Salz auflöst als kaltes Wasser, kam le Roy zu der Erkenntnis, daß warme Luft mehr Wasser löst als kalte Luft, also mehr Dampf enthält als diese. Sinkt die Temperatur der Luft, so scheidet sich der in dieser enthaltene Wasserdampf als Tau ab.

Wird gesättigter Dampf weiter erhitzt, so entsteht der sogenannte überhitzte Dampf. In der neuesten Zeit hat dieser Dampf insbesondere zum Antrieb von Lokomotiven eine große Bedeutung erlangt. Die ihm innewohnenden Vorzüge, die sich in einer großen Ersparnis an Brennstoff geltend machen, haben ihm, nebenbei gesagt, den Namen „Edeldampf" eingetragen. Dieser überhitzte Wasserdampf kann abgekühlt werden, ohne daß er sofort zu Wasser kondensiert.

Die Theorie Hambergers gab eine gute Erklärung der Tatsache, daß das Wasser schneller verdampft, wenn es von einem Luftstrom überfahren wird, als wenn die auf dem Wasser lastende Luft in Ruhe ist. Diese Erklärung läuft darauf hinaus, daß die auf dem Wasser lastende Luft sich alsbald mit Wasserdampf sättigt, infolgedessen hier eine weitere Verdunstung des Wassers nicht mehr möglich ist.

Wird dagegen die über dem Wasser befindliche Luft in Bewegung versetzt, so kommt mit der Oberfläche des Wassers immer von neuem frische ungesättigte Luft in Berührung, die imstande ist, Wasserdampf in sich aufzunehmen.

Eine für die Verwendung des Wasserdampfes, insbesondere für Kochzwecke, überaus wichtige Beobachtung, der bereits Papin, als er zur Erfindung des nach ihm benannten Kochtopfes gelangte, sehr nahe gekommen war, machte der Professor der Chemie zu Upsala, W a l l e r i u s E r i c s o n (geb. 1709, gest. 1785). Dieser stellte fest, daß Flüssigkeiten schneller im luftleeren Raume als unter dem Druck der Atmosphäre verdampften. Da nun bei dem Verdampfen unter Luftleere von einem Lösen des Wassers in Luft nicht mehr die Rede sein konnte, versagte jetzt die Hambergersche Lösungstheorie.

Hier nun setzte die Tätigkeit des mit James Watt befreundeten J o s e p h B l a c k ein, der sich mit der Erforschung jener Erscheinungen beschäftigte und Watt veranlaßte, ebenfalls Versuche anzustellen.

Bei dem Erwärmen von Wasser in einem Gefäß ist die erste Folge, daß die in dem Wasser enthaltene Luft in Form von Luftbläschen nach oben hin entweicht. Nunmehr bildet sich Dampf auf dem der Wärmequelle zunächst liegenden Boden des Gefäßes. Dampfblasen steigen in dem Wasser empor, können aber nicht die Oberfläche des Wassers erreichen, da die oberen Wasserschichten noch nicht genügend erwärmt sind. Die Folge hiervon ist das sogenannte Singen des Wassers, das aus der zitternden Bewegung sich ergibt, in welche das Wasser und das Gefäß durch die bei ihrem Aufwärtssteigen auf Widerstand stoßenden Dampfbläschen versetzt werden. Hört das „Singen" auf, so ist dies ein Zeichen dafür, daß nunmehr die sämtlichen Wasserschichten zum Sieden gebracht sind, und die Dampfbläschen ungehindert nach oben steigen können. Das „Singen" geht also dem Beginn des Kochens unmittelbar vorher. Während des Kochens oder Siedens tritt eine Zunahme der Temperatur trotz fortgesetzter Wärmezufuhr nicht ein.

Um diese überraschende Erscheinung zu erklären, nahm man an, daß die Verwandlung des Wassers in Dampf sich nur auf dem Boden des Gefäßes vollziehe, und daß die Wasserschichten die zu ihrer Verdampfung nötige Temperatur erst dann erreichen, nachdem sie den Gefäßboden berührten. Würde die ganze Wassersäule zugleich auf die Siedetemperatur gebracht, so genügte die geringste Wärmezufuhr, um augenblicklich die gesamte Wassermenge in Dampf zu verwandeln.

Black, dem diese Erklärung nicht genügte, stellte zunächst fest, daß, wenn Wasser zum Sieden gebracht und auf gleichmäßiges Feuer gebracht wird, in gleichen Zeitabschnitten gleiche Mengen Dampf erzeugt werden. Des weiteren stellte er fest, wieviel Zeit vergeht, bis eine gewisse Wassermenge von einer gleichförmigen Flamme zum Sieden gebracht und vollkommen verdampft wird.

James Watt, der, wie wir bereits berichteten, mit Black befreundet war, machte in derselben Richtung folgende Versuche: Er brachte in einem offenen Papinschen Topf Wasser zum Sieden, und zwar so, daß in einer halben Stunde die Oberfläche des Wassers um einen Zoll sank. Hierauf unterbrach er das Sieden, fügte so viel Wasser hinzu, wie verdampft war, und brachte den Topf wiederum auf die in gleicher Stärke unterhaltene Flamme. Als das Sieden begann, schloß er den Dampfhahn und ließ nun eine halbe Stunde vergehen. Als er dann den Dampfhahn öffnete, strömte der Dampf innerhalb zwei Minuten aus und die Oberfläche des Wassers sank wieder um einen Zoll. Hieraus ergab sich, daß die Wärme, die von dem Wasser innerhalb einer halben Stunde aufgenommen wurde, entweder langsam innerhalb einer halben Stunde oder schnell innerhalb zwei Minuten dieselbe Wassermenge verdampfen konnte. Black zeigte auch, daß der Dampf bei seiner Bildung Wärme „bindet" und bei der Verdichtung wieder dieselbe Wärmemenge frei gibt.

James Watts Verdienste bestehen darin, daß er den Wärmeverbrauch bei der Verdampfung und die Abhängigkeit des Dampfdruckes von der Temperatur untersuchte und die Gesetze, die für die Verdichtung des Dampfes maßgeblich sind, ermittelte. Er erkannte hierbei als hauptsächlichsten Grund des hohen Dampfverbrauchs der Newcomenmaschine, daß bei jedem Kolbenhub kaltes Wasser in den Dampfzylinder gespritzt wurde. Dieses hatte zur Folge, daß der von neuem in den Zylinder eingeführte Dampf zur Erwärmung des Zylinders notwendig war. Aus dieser Erkenntnis leitete Watt die Forderung ab, daß die Kondensation des Dampfes tunlichst schnell bewirkt werden müsse, ohne daß der Zylinder sich abkühlte. Zu diesem Zweck führte er zunächst den Zylinder aus Holz aus. Da aber in einem hölzernen Zylinder eine dampfdichte Führung des Kolbens infolge Verwerfens der Holzwandungen nicht zu erreichen war, wandte er sich alsbald wiederum dem eisernen Zylinder zu, den er durch ein Rohr mit einem besonderen Behälter in Verbindung brachte, der kaltes Wasser enthielt. Diesen Behälter nannte Watt „Kondensator". Die bahnbrechende Folge dieser Neuerung des von dem Zylinder getrennten selbständigen Kondensiergefäßes bestand darin, daß der Dampf niedergeschlagen wurde, ohne daß der Dampfzylinder abgekühlt wurde. Den Kondensator erhielt Watt dadurch andauernd auf der erforderlichen niedrigen Temperatur, daß er durch eine von der Maschine angetriebene Pumpe in denselben stets kaltes Wasser einspritzte, während eine zweite Pumpe, die sogenannte Warmwasserpumpe oder Luftpumpe, das kondensierte Wasser aus dem Kondensator hinaussaugte. Die Bezeichnung Luftpumpe trifft um deswillen zu, weil diese Pumpe neben dem Wasser auch die in dem kalten Wasser und in dem Dampf enthaltene Luft abführt. Das aus dem Kondensator ausgepumpte warme Wasser führte Watt dem Dampfkessel zu, wodurch eine weitgehende Ersparnis an Brennstoffen erzielt wurde.

Die mit diesen Wattschen Verbesserungen ausgestattete Dampfmaschine hat folgenden Arbeitsgang: Wenn der Kolben sich in seiner tiefsten Stellung befindet, wird unterhalb desselben Dampf eingeführt, infolgedessen sich der Kolben aufwärts bewegt; währenddessen ist die Verbindung zwischen Zylinder und Kondensator abgeschlossen. Hat der Kolben die höchste Stellung erreicht, so wird die Dampfzufuhr geschlossen, zugleich aber die Verbindung zwischen dem Zylinder und dem Kondensator geöffnet. Infolgedessen wird der unterhalb des Kolbens befindliche Dampf kondensiert und der Kolben geht unter Einwirkung des Druckes der Atmosphäre abwärts.

Auf diese die Dampfmaschine erst lebensfähig machende Neuerungen erhielt James Watt, nachdem er am 5. Januar 1769 den vorläufigen Schutz eines Königlichen Privilegs bekommen hatte, das Patent Nr. 913. Dasselbe hat folgenden Wortlaut:

A. D. 1769   Nr. 913.

Dampfmaschinen etc.

Watts Patentbeschreibung

Allen denjenigen, welchen dieses Schriftstück zu Gesicht gelangt, sende ich, James Watt, aus Glasgow in Schottland, Kaufmann, meinen Gruß.

Sintemal Seine Allerhöchste Majestät, König Georg der Dritte, durch seinen Patentbrief unter beigedrucktem

Großsiegel von Großbritannien vom 5. Januar des neunten Regierungsjahres Seiner Majestät mir, dem genannten James Watt, seine besondere Erlaubnis, Vollmacht, Privilegium und Befugnis gab, daß ich, der genannte James Watt, meine Vollstrecker, Verwalter und Bevollmächtigten während einer bestimmten Reihe von Jahren meine „**Neu erfundene Methode der Verminderung des Verbrauchs von Dampf und Brennstoff in Feuermaschinen**" zu benutzen, auszuüben und zu verkaufen befugt bin, und zwar überall in demjenigen Teile des Königreiches Groß-Britannien, welcher England genannt wird, in der Herrschaft Wales, in der Stadt Berwick am Tweed und ferner in Seiner Majestät Kolonien und Ansiedlungen, und ich, der erwähnte James Watt, in dem erwähnten Patentbriefe verpflichtet werde, unter Unterschrift und Siegel eine eingehende Beschreibung des Wesens meiner Erfindung zu geben, welche in Seiner Majestät Hoher Hofkanzlei eingetragen werden soll, innerhalb vier Monate nach dem Datum des erwähnten Patentbriefes:

So wisset nun, daß in Erfüllung der genannten Verpflichtung und Festsetzung ich, der erwähnte James Watt, erkläre, daß das Folgende eine eingehende Beschreibung meiner in Rede stehenden Erfindung und der Art und Weise, in welcher dieselbe zur Ausführung gelangt, ist,

(das will sagen): —

Mein Verfahren der Verminderung des Verbrauches an Dampf und, hierdurch bedingt, des Brennstoffes in Feuermaschinen setzt sich aus folgenden Prinzipien zusammen:

Erstens, das Gefäß, in welchem die Kräfte des Dampfes zum Antrieb der Maschine Anwendung finden sollen, welches bei gewöhnlichen Feuermaschinen Dampfcylinder genannt wird und welches ich Dampfgefäß nenne, muß während der ganzen Zeit, wo die Maschine arbeitet, so heiß erhalten werden, als der Dampf bei seinem Eintritte ist, und zwar erstens dadurch, daß man das Gefäß mit einem Mantel aus Holz oder einem anderen die Wärme schlecht leitenden Material umgibt, daß man dasselbe zweitens mit Dampf oder anderweitigen erhitzten Körpern umgibt, und daß man drittens darauf achtet, daß weder Wasser noch ein anderer Körper von niedrigerer Wärme als der Dampf in das Gefäß eintritt oder dasselbe berührt.

Zweitens muß der Dampf bei solchen Maschinen, welche ganz oder teilweise mit Kondensation arbeiten, in Gefäßen zur Kondensation gebracht werden, welche von den Dampfgefäßen oder -Cylindern getrennt sind und nur von Zeit zu Zeit mit diesen in Verbindung stehen. Diese Gefäße nenne ich Kondensatoren und sollen dieselben, während die Maschinen arbeiten, durch Anwendung von Wasser oder anderer kalter Körper mindestens so kühl erhalten werden als die die Maschine umgebende Luft.

Drittens, sobald Luft oder andere durch die Kälte des Kondensators nicht kondensierte elastische Dämpfe den Gang der Maschine stören, so sind dieselben mittels Pumpen, welche durch die Maschine selbst betrieben werden, oder auf andere Weise aus den Dampfgefäßen oder Kondensatoren zu entfernen.

Viertens beabsichtige ich in vielen Fällen die Expansionskraft des Dampfes zum Antrieb der Kolben oder was an deren Stelle angewendet wird, zu gebrauchen, in derselben Weise, wie der Druck der Atmosphäre jetzt bei gewöhnlichen Feuermaschinen benutzt wird. In Fällen, wo kaltes Wasser nicht in Fülle vorhanden ist, können die Maschinen durch diese Dampfkraft allein betrieben werden, indem man den Dampf, nachdem er seine Arbeit getan hat (after it has done its office) in die freie Luft austreten läßt.

Fünftens, wo Bewegungen um eine Achse verlangt werden, stelle ich die Dampfgefäße in Form von hohlen Ringen oder kreisförmigen Kanälen her, mit besonderen Ein- und Auslässen für den Dampf, und montiere dieselben auf horizontalen Achsen wie die Räder der Wassermühlen. In denselben ist eine Anzahl von Ventilen angebracht, welche einem Körper nur in einer Richtung durch den Kanal umzulaufen gestatten. In diesen Dampfgefäßen sind Gewichte angebracht, welche die Kanäle zum Teil ausfüllen und durch die noch anzugebenden Mittel in denselben bewegt werden. Wenn der Dampf in diese Maschinen zwischen jene Gewichte und die Ventile eingelassen wird, so drückt er gegen beide gleichmäßig, so zwar, daß er das Gewicht nach der einen Seite des Rades hebt und infolge der gegen die Ventile wirkenden Reaktion das Rad in Drehung versetzt, wobei die Ventile sich in derjenigen Richtung öffnen, in welcher die Gewichte Druck empfangen, aber nicht in der entgegengesetzten. Währenddem, daß das Dampfgefäß sich dreht, wird es mit Dampf vom Kessel aus gespeist, und derjenige Dampf, welcher seine Arbeit geleistet hat, kann entweder durch Kondensation niedergeschlagen oder in die freie Luft entlassen werden.

Sechstens will ich in einigen Fällen einen gewissen Grad von Kälte anwenden, welcher den Dampf allerdings nicht in Wasser zu verwandeln, wohl aber beträchtlich zu verdichten vermag, so daß die Maschinen abwechselnd mit Expansion und Kontraktion des Dampfes arbeiten.

Endlich wende ich zur dampf- und luftdichten Dichtung des Kolbens oder anderer Maschinenteile an Stelle von Wasser Oele, harzige Körper, Tierfett, Quecksilber und andere Metalle in flüssigem Zustande an.

Zur Bezeugung dessen habe ich am heutigen Tage, am fünfundzwanzigsten April im Jahre unseres Herrn Ein Tausend Sieben Hundert und neunundsechzig meinen

Namenszug und mein Siegel hierunter gesetzt.

James Watt. (L. S.)

Gesiegelt und ausgehändigt in Gegenwart von

Coll. Wilkie.

Geo. Jardine.

John. Roebuck.

Es sei noch bemerkt, daß besagter James Watt erklärt, daß sich nichts von dem im vierten Absatz Enthaltenen auf Maschinen bezieht, bei denen das zu hebende Wasser in das Dampfgefäß selbst eintritt oder in ein Gefäß, welches mit jenem in offener Verbindung steht.

James Watt.

Zeugen: Coll. Wilkie.

Geo. Jardine.

Und es sei bekannt gegeben, daß der vorgenannte James Watt am fünfundzwanzigsten Tage des April, im Jahre unseres Herrn 1769, sich in der Kanzlei unseres Königlichen Herrn einfand und die vorstehende Beschreibung nebst allem dem in derselben Enthaltenen und Beschriebenen, in der oben niedergeschriebenen Weise anerkannte. Und so wird die vorstehende Beschreibung gemäß der Verordnung aus dem sechsten Jahre der Regierung des verstorbenen Königs und der Königin William und Mary von England usw. gestempelt.

Eingetragen am neunundzwanzigsten April im Jahre unseres Herrn Ein Tausend Sieben Hundert neunundsechzig.

Watt war an der Ausführung seines Patents durch den Umstand beschränkt, daß die seit alters her bekannte und gebräuchliche Kurbel einem gewissen Wasborough unter Patentschutz gestellt war. Um die Benutzung der Kurbel zu umgehen, ersann Watt nicht weniger als fünf verschiedene Einrichtungen und erhielt hierauf unter dem 25. Oktober 1781 das Patent Nr. 1306.

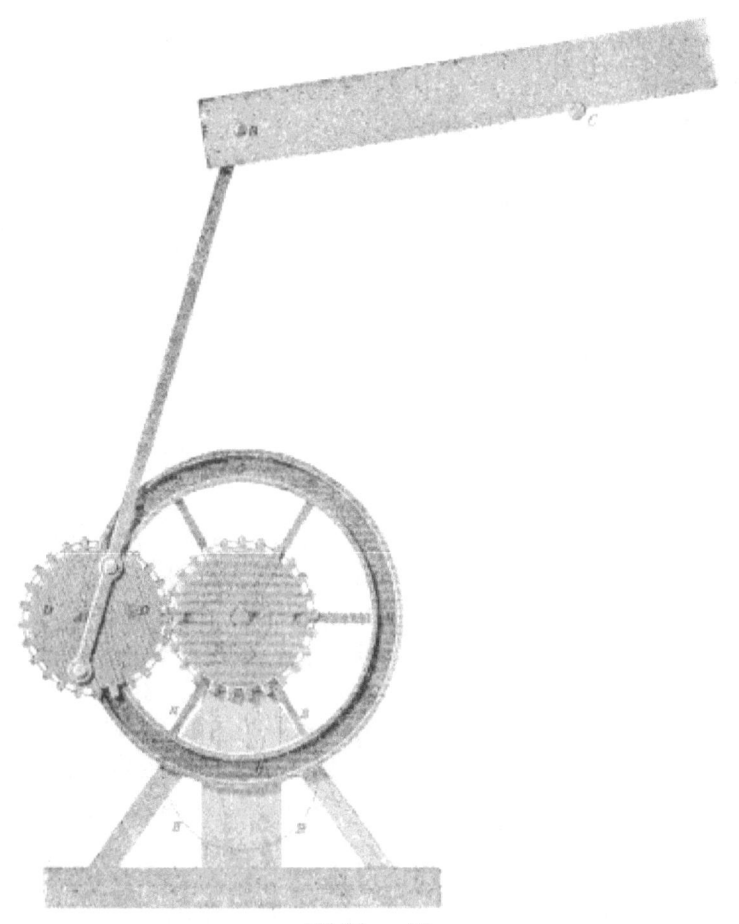

Abbildung 29.

Das Planeten- oder Sonnenrad.

Aus: Muirhead. James Watts Mechanical Inventions. Plate 7, Fig. 1 und 2.

Als Gegenstand dieses Patents wird angegeben:

„Gewisse neue Verfahren, um die hin und her gehende Bewegung von Dampf- oder Feuermaschinen zur Erzeugung ständiger Drehbewegung um eine Achse

166

oder um einen Mittelpunkt zu benutzen, um Räder, Mühlen oder andere Maschinen anzutreiben."

Von den sämtlichen fünf Einrichtungen bildet das sogenannte Planeten- oder Sonnenrad die wichtigste. Sie ist in Abb. 29 dargestellt.

Der entsprechende Teil der Patentschrift Nr. 1306 hat folgenden Wortlaut:

„Mein fünftes Verfahren, Drehbewegung zu erzeugen, wird mit Hilfe eines Zahnrades E ausgeführt, das auf dem Ende derjenigen Achse F angebracht ist, die die Drehbewegung erhalten soll. Dieses Rad E kann durch ein zweites Zahnrad D von gleichem, größerem oder geringerem Durchmesser in Drehung versetzt werden, das an der Stange A B befestigt ist. Das andere Ende der Stange A B hängt an dem Triebbalken B C (Balancier) der Dampfmaschine oder ist in beliebiger anderer Weise mit dem Kolben der Dampfmaschine verbunden. Das Rad D kann sich um seine eigene Achse nicht drehen. Mit Hilfe eines Zapfens A, der in dem Mittelpunkte des Rades D befestigt ist und in einen kreisförmigen Einschnitt des großen Rades G G eingreift (hier können auch andere Mittel Platz greifen), wird das Rad D zwangläufig derart geführt, daß es sich nicht von dem Rade E entfernen, jedoch das Rad E in Drehung versetzen kann, ohne daß es sich selbst um seine Achse oder seinen Mittelpunkt dreht.

Die Bewegung vollzieht sich nun folgendermaßen: Ist das Rad nahezu in diejenige Stellung gelangt, die durch den punktierten Kreis H H gekennzeichnet ist, und dann mit seinem Mittelpunkt um ein weniges jenseits der senkrechten durch den Mittelpunkt F gezogenen Linie gelangt, zieht die Dampfmaschine mit Hilfe der Treibstange B A das Rad D aufwärts. Da nun dessen Zähne in die des Rades E eingreifen, und da es sich nicht um seinen eigenen Mittelpunkt drehen kann, kann es sich nicht anders nach aufwärts hin bewegen, ohne daß es zugleich das Rad E in Drehung um seinen Mittelpunkt F versetzt. Ist das Rad D soweit aufwärts gelangt, daß sein unterer Teil mit dem oberen Teile des Rades E im Eingriff ist, hat die Dampfmaschine ihren Hub nach aufwärts ausgeführt und der Kolben ist im Begriff, sich abwärts zu bewegen. Unter dem Einfluß der ihm zuteil gewordenen Bewegung führt das Rad E seinen Rundgang weiter aus und führt das Rad D über seine Höchstlage hinweg, wobei die Schwere des Rades D oder der Stange A B oder ein anderes an ihm angebrachtes Gewicht das Rad D veranlaßt, an der anderen Seite sich wieder nach abwärts zu begeben. Das Rad D vollendet also seinen Rundgang um E. Haben nun die beiden Räder D und E dieselben Zähnezahlen, so macht das Rad E bei jedem Hub der Maschine zwei Umdrehungen um seinen Mittelpunkt. Um nun die Bewegung besser zu regeln, bringe ich auf der Achse F ein Schwungrad an."

Abbildung 30.

Anwendung eines Planetenrades zum Antrieb eines Walzwerks. Aus:
Muirhead, James Watts Mechanical Inventions. Plate 25.

Abbildung 30 stellt das Planetenrad in Anwendung auf den Antrieb eines Walzwerkes dar.

Bei einer anderen Ausführungsform dieses Planeten- oder Sonnenrades bewegen sich die beiden Zahnräder nicht auf- und umeinander, sondern ineinander.

Von weitestgehender Bedeutung ist das am 12. März 1782 erteilte Patent Watts Nr. 1321.

Der wesentliche Inhalt der Patenturkunde lautet:

„Gewisse neue Verbesserungen an Dampf- oder Feuer-Maschinen zum Heben von Wasser und zu anderen mechanischen Zwecken, und gewisse auf dieselben anwendbare Einrichtungen."

„Ich, J a m e s W a t t, erkläre hiermit: Nachstehendes ist eine Beschreibung meiner neuen Verbesserungen an Dampf- und Feuer-Maschinen und der Einrichtungen, die bei denselben Anwendung finden können.

Um aber etwaige Mißverständnisse und Umschweife zu vermeiden, werde ich zunächst einige gewisse in dieser Beschreibung benutzte Ausdrücke näher erläutern.

E r s t e n s: Der Z y l i n d e r oder das Dampfgefäß ist dasjenige Gefäß, in welchem die Kräfte des Dampfes oder der Luft benutzt werden, um die Maschine anzutreiben; er kann von beliebiger Gestalt sein, ist aber meist von zylindrischer Form.

Z w e i t e n s: Der K o l b e n ist eine bewegliche Trennungswand, die in dem Zylinder entweder auf und ab, oder hin- und hergleitet und diesem genau angepaßt ist. Auf diesen Kolben wirken die Kräfte des Dampfes und der Luft unmittelbar ein.

D r i t t e n s: Die K o n d e n s a t o r e n sind gewisse von mir erfundene Gefäße, in welchen der Dampf niedergeschlagen wird, und zwar entweder indem er mit hinreichend kaltem Wasser unmittelbar vermischt wird oder indem er mit kalten Körpern in Berührung gebracht wird. Diese Kondensatoren liegen entweder in demjenigen Teile des Zylinders selbst, in den der Dampf niemals gelangt, ausgenommen dann, wenn er niedergeschlagen und zu Wasser verwandelt wird, oder diese Kondensatoren stehen mit dem Zylinder mittels Röhren in Verbindung, welche rechtzeitig geöffnet und geschlossen werden. Diese Röhren können auch so angeordnet sein, daß sie zu den Luftpumpen oder zu anderen Einrichtungen führen, um den niedergeschlagenen Dampf und das Einspritzwasser fortzuleiten.

Viertens: Die Luft- und die Heißwasserpumpen sind Pumpen oder andere Einrichtungen, die dazu dienen, die Luft und das heiße Wasser aus den Zylindern und aus den Kondensatoren hinauszubefördern.

Fünftens: Der Werkbalken (Triebbalken, Balancier) ist ein doppelarmiger Hebel, wobei ein oder mehrere Räder oder andere maschinelle Vorrichtungen dazu dienen, die von dem Kolben geäußerte Kraft auf das Pumpwerk oder auf andere von der Dampfmaschine anzutreibende Vorrichtungen zu übertragen.

Meine erste neue Verbesserung besteht nun darin, daß ich den Dampf in die Zylinder oder Gefäße der Maschine nur während eines gewissen Teiles des Auf- oder Niederganges des Kolbens eintreten lasse, und daß ich die federnden Kräfte, mit denen der Dampf in dem Bestreben, größere Räume einzunehmen, sich ausdehnt, dazu benutze, während der übrigen Teile des Hubes des Kolbens als Triebkraft zu dienen. Außerdem benutze ich Hebelzusammenstellungen oder andere Vorkehrungen, um zu bewirken, daß die ungleichmäßigen Kräfte, mit denen der Dampf auf den Kolben einwirkt, gleichmäßige Arbeit leisten bei dem Antrieb der Pumpen oder der anderen Maschinen, die durch die Dampfmaschine betrieben werden sollen. Hierbei sind gewisse Verhältnisse zu beachten.

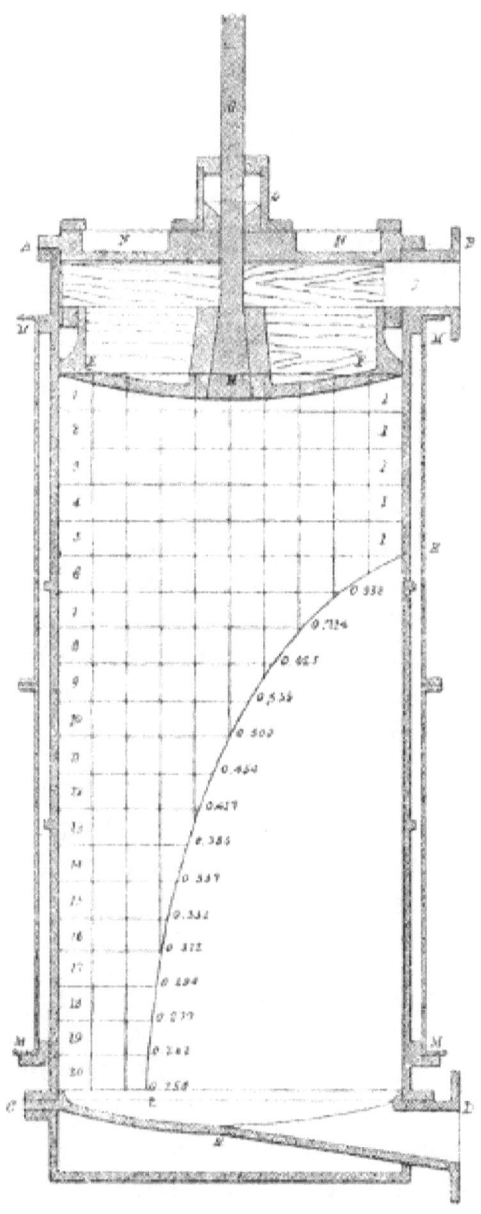

Abbildung 31.

James Watts Ausnutzung der Expansion des Dampfes.

Um die hierbei maßgeblichen Verbesserungen und Grundsätze zu erläutern, habe ich in der beigefügten Zeichnung (Abb. 31) einen Hohlzylinder im Schnitt dargestellt.

Dieser erwähnte Zylinder ist an seinem unteren Ende durch seinen Boden C D vollständig abgeschlossen und auch an seinem oberen Ende durch seinen Deckel A B verschlossen. Der kräftige Kolben E F ist dem Zylinder genau angepaßt, so daß er mit Leichtigkeit auf und ab gleiten kann, ohne irgendwelchen Dampf neben sich hindurchgehen zu lassen. Der Kolben hängt an einer oder an mehreren Stangen G H, welche in einer im Deckel A B angebrachten Öffnung hin- und hergleiten können, wobei ihre Umfläche luft- und dampfdicht durch einen Strang von Werg oder anderem geeigneten Stoff abgedichtet ist, der in der Büchse O liegt. Und nahe dem oberen Ende des Zylinders ist eine Öffnung J vorgesehen, um Dampf vom Dampfkessel eintreten zu lassen.

Der ganze Dampfzylinder ist soweit als möglich mit einem Hohlraum M M umgeben, der Dampf enthält, oder dem auf irgendeine andere Weise dieselbe Hitze bewahrt bleibt, wie sie das Wasser im Dampfkessel oder der aus dem Kessel kommende Dampf besitzt.

Wir wollen nun annehmen, der Kolben sei so nahe als möglich an den oberen Rand des Zylinders emporgehoben, und der Raum unterhalb desselben sei von Luft, Dampf und anderen Flüssigkeiten entleert. Wir wollen des weiteren annehmen, daß der vom Dampfkessel her oberhalb des Kolbens eintretende Dampf die selbige Dichtigkeit oder Federkraft besitze wie der Luftdruck der Atmosphäre, oder die Fähigkeit besitze, eine Quecksilbersäule von 30 Zoll Höhe im Barometer zu tragen. Dann, so behaupte ich, wird der Druck oder die Federkraft auf jedem Quadratzoll der

173

oberen Fläche des Kolbens ungefähr 14 Pfund betragen, und diese Kraft wird, wenn sie während eines ganzen Maschinenhubes auf den Kolben zur Einwirkung gelangt und zum Antrieb einer oder mehrerer Pumpen, sei es mittelbar oder unmittelbar, benutzt wird, während des ganzen Hubes eine Wassersäule fördern, deren Gewicht zehn Pfund auf den Quadratzoll des Kolbens beträgt, außer der Reibung und der dem Wasser und den Maschinenteilen innewohnenden Trägheit. Unter der Annahme aber, daß die gesamte Entfernung von der Unterseite des Kolbens bis zum Grunde des Zylinders acht Fuß beträgt, und daß die Dampfzufuhr vom Kessel vollständig abgeschnitten ist, wenn der Kolben bis zum Punkt K zwei Fuß oder ein Viertel des Hubes des Kolbens abwärts gegangen ist, behaupte ich, daß, wenn der Kolben die Hälfte seines Hubes zurückgelegt hat, die Federkraft des Dampfes die Hälfte der ursprünglichen Kraft betragen wird. Des weiteren wird, wenn der Kolben bei P angelangt ist, die Kraft des Dampfes ein Drittel der ursprünglichen Kraft betragen oder 4⅔ Pfund auf jeden Quadratzoll der Kolbenfläche. Ferner wird, wenn der Kolben am Ende seines Hubes angelangt ist, die Federkraft des Dampfes ein Viertel seiner ursprünglichen Kraft betragen oder 3½ Pfund auf den Quadratzoll der Kolbenfläche.

Des weiteren behaupte ich, daß die Federkräfte des Dampfes in den übrigen Abschnitten der Zylinderlänge, die durch die Horizontallinien oder Ordinaten der Kurve K L dargestellt und in dem Zylinder aufgetragen sind, durch die in Dezimalbrüchen der ursprünglichen Kraft ausgedrückten Zahlen dargestellt werden.

Und des weiteren behaupte ich, daß die Summe aller dieser Kräfte größer ist als 57 Hundertstel der ursprünglichen Kraft, multipliziert mit der Länge des Zylinders.

Demnach leuchtet ein, daß nur ein Viertel des zur Füllung des ganzen Zylinders erforderlichen Dampfes zur Anwendung gelangt, und daß der erzielte Effekt mehr als die Hälfte des Effekts beträgt, der durch einen ganz mit Dampf gefüllten Zylinder erreicht wird, wenn der Dampf während des ganzen Niederganges des Kolbens frei über dem Kolben zum Eintritt gelangt wäre.

Hieraus folgt, daß die sogenannte neue oder Expansionsmaschine imstande ist, Wassersäulen zu heben, deren Gewichte entsprechen einem Gewicht von fünf Pfund auf jeden Quadratzoll der Kolbenfläche, und zwar mit Dampf von einem Viertel Inhalt des Zylinders.

Obgleich ich nun die Viertelfüllung hier anführe, so muß ich dennoch bemerken, daß ein anderes Füllungsverhältnis oder andere Abmessungen des Zylinders ähnliche Erfolge herbeiführen können, und daß ich in der Praxis diese Verhältnisse je nach der Eigenart des vorliegenden Falles ändere."

Diese Ausnutzung der Expansion des Dampfes führte Watt dann später auf die Erfindung des Indikators, eines Instrumentes, das selbsttätig die Expansionskurven des Dampfes aufzeichnet.

Der weitere Inhalt der Patenturkunde beschäftigt sich sodann mit den Mitteln zur Erzielung eines gleichmäßigen Ganges der Maschine. Dieser wird stark durch den Umstand beeinträchtigt, daß die vom Dampf ausgeübte Kraft ungleichmäßig ausfällt, während das Gewicht des zu hebenden Wassers und die sonst von der Maschine zu leistende Arbeit als gleichmäßig anzunehmen ist.

Alsdann wendet sich Watt der zweiten von ihm erfundenen Verbesserung der Dampfmaschine zu, nämlich deren doppelt wirkender Anordnung.

„Meine zweite Verbesserung der Dampf- oder Feuermaschine besteht darin, daß ich die Federkraft des Dampfes dazu benutze, den Kolben aufwärts und auch abwärts zu bewegen, indem ich eine Luftleere ober- oder unterhalb des Kolbens herbeiführe und den Dampf zu derselben Zeit zur Einwirkung auf den Kolben in demjenigen Teile des Zylinders bringe, der nicht ausgepumpt (exhausted) ist. Demnach kann eine derartig eingerichtete Maschine in derselben Zeit das Zweifache derjenigen Arbeit verrichten, die bisher von einer einfach wirkenden Maschine geleistet ist."

Die dritte Verbesserung, die Watt vorschlug, bestand darin, daß er die Dampfzylinder und -Gefäße von zwei oder mehreren Dampfmaschinen miteinander vereinigte.

Die vierte Verbesserung bezog sich auf gewisse mechanische Einrichtungen, um die Gestänge und Kolben der Pumpen mit dem Triebbalken, dem Balancier, zu verbinden.

Die fünfte Verbesserung bezog sich auf die Ausgestaltung der Dampfgefäße, indem diese entweder als hohle Zylinder oder als andere regelmäßig runde Hohlkörper oder in Gestalt größerer oder kleinerer Segmente oder Sektoren derartiger Körper ausgebildet wurden.

Am 28. April 1784 erhielt Watt das Patent Nr. 1432 auf „gewisse neue Verbesserungen der Feuer- oder Dampfmaschine und auf Maschinen, die durch dieselbe betätigt und bewegt werden."

Dieses Patent betrifft neben anderen Einrichtungen das sogenannte Wattsche Parallelogramm, d. i. diejenige Vorrichtung, die Watt in mehreren

Ausführungsformen erfand, um die geradlinige auf und ab gehende Kolbenstange mit der nach einem Kreisbogen schwingenden Bewegung des Balanciers in Einklang zu bringen, ohne hierzu der bis dahin gebräuchlichen Ketten zu bedürfen.

Der auf diese bahnbrechende Erfindung, für welche Watt mehrere Ausführungsformen vorschlug, bezügliche Teil der Patenturkunde hat folgenden Wortlaut:

„A A (Abb. 32) ist der Triebbalken oder Balancier der Maschine; B D ist die Kolben- oder Pumpenstange. C D E sind zwei hölzerne oder eiserne Stangen, die bei E und D mit dem Balancier bzw. mit dem oberen Ende der Kolbenstange verbunden sind und bei C an den Schwingarm C F angelenkt sind, dessen anderes Ende F an der Wand des Maschinenhauses oder an einem sonstigen festen Punkte liegt. Wenn der Balancier in Drehung um seine Achse G versetzt ist, so beschreibt der Punkt E den Bogen H E I und der Punkt C beschreibt den Bogen K C L um den Punkt F als Mittelpunkt, und die Konvexitäten dieser Bogen, die nach verschiedenen Richtungen hin liegen, heben gegenseitig ihre von der geraden Linie sich vollziehenden Abweichungen auf. Die Längen der Radien G E und C F und ihre Verhältnisse zueinander können verändert werden, aber wenn der Radius C F im Verhältnis mehr verlängert wird als G E, so muß der Punkt D dementsprechend weiter von E und näher an C gebracht werden, und umgekehrt, wie es sich nach den Regeln der Geometrie ergibt. Der regulierende Radius oder Stab C F kann auch oberhalb des Balanciers angeordnet werden, und der letztere kann bezüglich seiner Achse eine andere Anordnung erhalten, wo sich dieses empfiehlt."

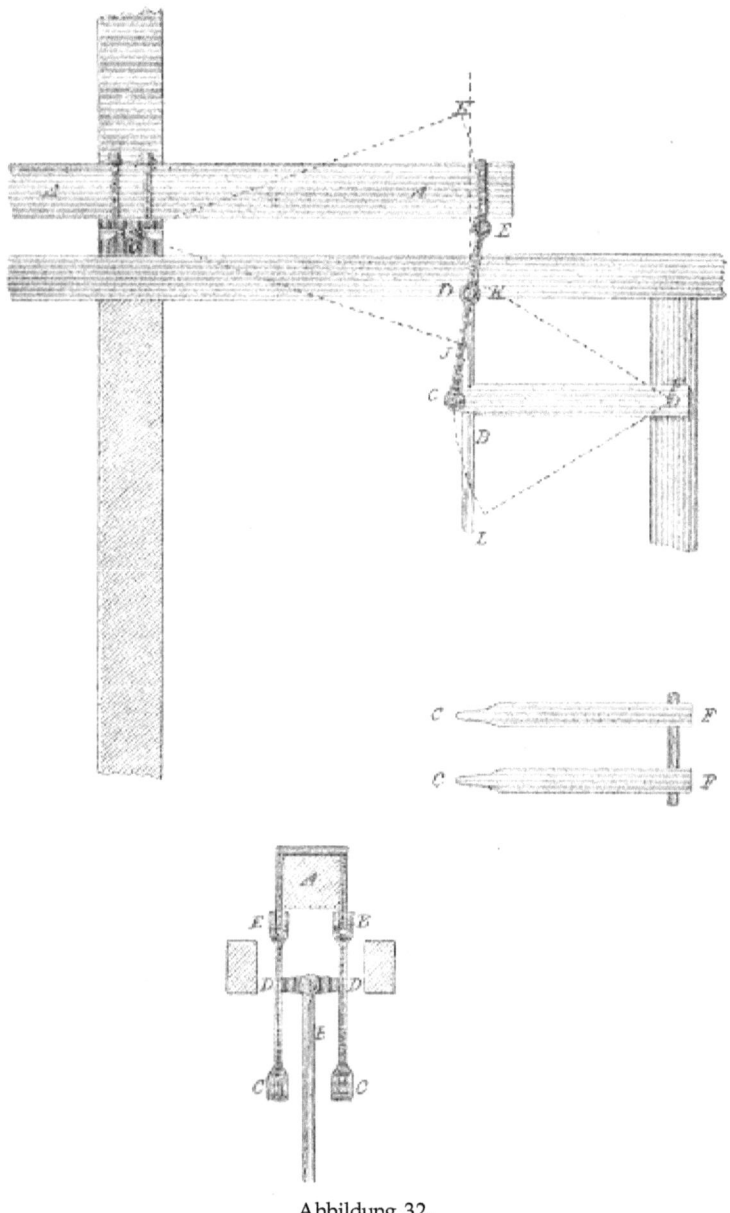

Abbildung 32.

Wattsches Parallelogramm.

Aus: Muirhead, James Watts Mechanical Inventions. Plate 22. Fig. 9–11.

Namen- und Sachverzeichnis.

Fußnoten

[1] Abridgements of Specifications relating to the Steam Engine. Part I. A. D. 1618–1859. London 1871.

[2] Fr. Dannemann, Die Naturwissenschaften in ihrer Entwicklung und in ihrem Zusammenhange. Leipzig 1910.

[3] Grothe, Leonardo da Vinci als Ingenieur und Philosoph. Berlin 1874. — Beck, Beiträge zur Geschichte des Maschinenbaues 1900.

[4] Reuleaux, Kurzgefaßte Geschichte der Dampfmaschine. Anhang zu Scholls Führer des Maschinisten. Braunschweig 1891.

[5] Vgl. S. 13, Abb. 3.

[6] Geschrieben zwischen 16 und 13 v. Chr.

[7] Des Vitruvius zehn Bücher über Architektur. Übersetzt und durch Anwendungen und Risse erläutert von Dr. Franz Reber Berlin 1865.

[8] Œuvres de François Arago. Paris, Leipzig 1854. Tome I, p. 393.

[9] Corpus Scriptorum historiae Byzantinae. Pars III. Bonnae 1828.

[10] Dinglers Polytechnisches Journal. Bd. 78, Jahrg. 1840, S. 72.

[11] Rob. Stuart, Historical and descriptive anecdotes of Steam Engines and of their inventors. London 1829.

[12] Eloge historique de James Watt, un des huit associés étrangers de l'Académie des Sciences par Arago. Lu à la séance du 8. Décembre 1834. Rerum Angli Script. p. 61. 1601.

[13] Poggendorff, Geschichte der Physik. Leipzig 1879.

[14] Werner, Zur Physik Leonardos da Vinci. Erlangen 1910.

[15] Werner a. a. O.

[16] Werner a. a. O.

[17] Grothe, Leonardo da Vinci als Ingenieur und Philosoph. Berlin 1874.

[18] Paul La Cour und Jakob Appel, Die Physik auf Grund ihrer geschichtlichen Entwicklung für weitere Kreise in Wort und Bild dargestellt. Übersetzt von G. Siebert. Braunschweig 1905. II. — Poggendorff, Geschichte der Physik. Leipzig 1879.

[19] Poggendorff, Geschichte der Physik. Leipzig 1879.

[20] Abridgements of Specifications relating to the Steam Engine. Pars I (1618–1859), p. 6.

[21] Abridgements of Specifications relating to the Steam Engine. Pars I (1618–1859), p. 7.

[22] Stuart, A descriptive history of the Steam Engine. London (1824), p. 4.

[23] Jewel House, 1594, p. 26. Abridgements of Specifications relating to the Steam Engine. Pars I (1618 bis 1859). p. 7.

[24] Abridgements of Specifications relating to the Steam Engine. Pars I (1618–1859), p. 7.

[25] Dinglers Polytechnisches Journal, Bd. 39 (Jahrg. 1831), S. 367.

[26] Les Elémens d'Artillerie augmentés en cette nouvelle édition et enrichis de l'invention, description et démonstration d'une nouvelle artillerie qui ne se charge que d'air ou d'eau pure et à néanmoins une incroiable force. Par le Sieur de Flurance Rivault, Paris 1608, p. 74. — Abridgements of Specifications relating to the Steam Engine. Pars I (1618–1859). London 1871, p. 9. — M. Hachette, Histoire des Machines à vapeur. Paris 1830, p. 13. Oeuvres complètes de François Arago. Tome I. Paris et Leipzig 1854, p. 394.

[27] Hachette, a. a. O. S. 14.

[28] Abridgements l. c. p. 9.

[29] Nähere Angaben über seinen Lebenslauf siehe weiter unten. S. 39.

[30] Journal des Mines 1813.

[31] Annuaire du bureau des longitudes, 1828.

[32] Vgl. Reuleaux in dem S. 10 Anm. 2 erwähnten Buche.

[33] Abridgements. S. 11.

[34] Abridgements. S. 11.

[35] Abridgements, S. 13.

[36] Abridgements. S. 14.

[37] The Life, Times and scientific Labours of the second Marquis of Worcester. To which is added a reprint of his Century of Inventions, 1663, with a Commentary thereon by Henry Dircks, Esqu. London, 1865.

[38] Die Physik auf Grund ihrer geschichtlichen Entwickelung, dargestellt von Paul la Cour und Jakob Appel. Autorisierte Übersetzung von G. Siebert. Braunschweig, 1905.

[39] Veröffentlicht in Woodcroft's Collection of scarce Tracts. 1858.

[40] Abridgements. S. 18.

[41] La Cour und Appel, a. a. O. Seite 61.

[42] Pendule perpétuelle avec la manière d'élever l'eau par le moyen de la poudre à canon. Paris 1678.

[43] Memoires de l'Académie des Sciences. 1693.

[44] Réflexions des quelques machines à élever des eaux. Paris 1682.

[45] Elevation des Eaux par toute sorte de Machines, reduite à la Mesure, au Poids et à la Balance. Présentée à Sa Majesté très Chrestienne, par le Chevalier Morland, Gentilhomme Ordinaire de la Chambre Privée et Maitre des Mecaniques du Roi de la Grande Brétagne 1683.

[46] Gerland, Leibnizens und Huygens' Briefwechsel mit Papin nebst der Biographie Papins und einigen zugehörigen Briefen und Aktenstücken. Auf Kosten der Königlich Preußischen Akademie der Wissenschaften herausgegeben. Berlin 1881.

[47] Gerland, Leibnizens und Huygens' Briefwechsel mit Papin nebst der Biographie Papins. Berlin 1881.

[48] Abridgements, S. 24.

[49] Leupold, Theatrum Machinarum Generale, Leipzig

1724, § 401.

[50] The Miner's Friend, or an engine to raise Water by Fire, described, and of the manner of fixing it in Mines, with an account of the several other uses it is applicable unto; and an answer to the objections made against it. By Tho. Savery, Gent.

[51] Theatrum Machinarum hydraulicarum (Leipzig 1725). Band II, § 203–209.

[52] Abhandlungen der Königlichen technischen Deputation für Gewerbe. I. Teil. 1820.

[53] Das später von uns wiedergegebene Patent Nr. 913 bezeichnet ihn als Kaufmann.

Voigtländers Quellenbücher

(Anzeige von Band 1–12 vor dem Titel)

84 hell.
95 cts.
42 kop.

13 **Vulkanausbrüche in alter und neuer Zeit.** Nach den Berichten von Augenzeugen herausgegeben von Oberlehrer P a u l   S c h n e i d e r. 94 Seiten

M. —.70

Vesuv im Jahre 79 und 1794, Gelungung 1822, Tembaro 1815, Krakatau 1883, Mont Pelée 1902, Jorullo 1759, Feuersee auf Hawaii, Erguß am Skaptargletscher auf Island 1785, Die Geiser auf Island, Der See Rotohama auf Neuseeland.

60 hell.
70 cts.
30 kop.

14 **Friedrich Hoffmann über das Kohlenoxydgas** und die Gegenschrift von A n d r e a s   E r d m a n n: „Wie nicht Kohlenoxydgas, sondern der Teufel den Tod etlicher Menschen herbeigeführt". Herausgegeben von Dr. A l b e r t N e u b u r g e r. 63 Seiten

M. —.50

Was vor Friedrich Hoffmann über die Gefährlichkeit der Kohlendämpfe bekannt war, ist verhältnismäßig wenig. Erst recht spät gelang es, und zwar in erster Linie durch Hoffmanns Forschungen, das Kohlenoxyd richtig zu erkennen und seine Gefahren zu vermeiden. Der Streit mit den Vertretern der Theologie hat damals der bedeutsamen Abhandlung Hoffmanns in weiteren Kreisen Beachtung verschafft, als dies sonst vielleicht der Fall gewesen wäre. Die Erdmannsche Gegenschrift wird hier mit abgedruckt, und auf diese Weise ergibt sich ein richtiges Bild der Entwicklung, das die Bedeutung Hoffmanns für diesen Zweig unseres Wissens in vollem Lichte erkennen läßt.

84 hell.
95 cts.
42 kop.

15 Antike Quellen zur Geschichte der Germanen.

Zusammengestellt, übersetzt und erläutert von Dr. Curt Woyte. Erster Teil. Von den Anfängen bis zur Niederlage der Cimbern und Teutonen. 83 Seiten

M. —.70

Geographie und Völkerverteilung, Urwälder, Bernstein (Strabo, Plinius, Tacitus, Cäsar). Cimbern und Teutonen (Velleius Paterculus, Strabo, Appian, Orosius, Plutarch, Florus).

Zweiter Teil s. Band 52.

1 Kr. 44 hell.
1 Fr. 60 cts.
72 kop.

16 Deutschlands Einigungskriege 1864–1871 in Briefen

und Berichten der führenden Männer. Herausgegeben von Horst Kohl. Dritter Teil: Der Deutsch-Französische Krieg 1870/71. I. Abteil.: Bis zur Schlacht bei Sedan. 165 Seiten

M. **1.20**

Vgl. Bände 9, 10, 22, 51.

1 Kr. 20 hell.
1 Fr. 35 cts.
60 kop.

17 Aus dem Leben vornehmer Ägypter. Von ihnen selbst erzählt. Herausgegeben von Dr. Günther Roeder, Privatdozent an der Universität Breslau. 116 Seiten mit 16 Bildnissen nach Statuen, Reliefs und Malereien

M. 1.—

In den Worten der im alten Ägypten üblich gewesenen langen Grabinschriften werden die Selbstbiographien ägyptischer Gaufürsten, königlicher Beamten, der Offiziere der großen Eroberer, von Priestern und Richtern gegeben: ein wundervoller Blick in eine aus Trümmern für unsere Augen wiedererstandene Zeit.

1 Kr. 44 hell.
1 Fr. 60 cts.
72 kop.

18 Ritter Grünembergs Pilgerfahrt ins Heilige Land **1486.** Herausgegeben und übersetzt von Johann Goldfriedrich und Walter Fränzel 139 Seiten mit 24 Nachbildungen der Handzeichnungen Grünembergs

M. **1.20**

Der Ritter Konrad von Grünemberg aus Konstanz hat zu den vielen Tausenden gehört, die eine Pilgerfahrt ins Heilige Land unternommen haben. Sie fiel ins Jahr 1486 und ist für diese Fahrten, die als mittelalterliche Gesellschaftsreisen gelten können, typisch, sehr anschaulich erzählt und durch die beigegebenen eigenhändigen Zeichnungen Grünembergs noch anschaulicher gemacht.

96 hell.
1 Fr. 10 cts.
48 kop.

19 Hofleben in Byzanz. Zum ersten Male aus den Quellen übersetzt, eingeleitet und erläutert von Dr. Karl Dieterich, Privatdozent an der Universität Leipzig. 100

Seiten mit einem Plan des alten Kaiserpalastes zu Byzanz

M. —.80

Diese Auswahl aus umfangreichen Schilderungen will ein möglichst allseitiges und buntes Bild geben von dem Leben am byzantinischen Kaiserhofe. Das festliche Leben wurde an die Spitze gestellt, nicht nur, weil ihm die meisten der geschilderten Szenen angehören, sondern auch, weil es den Inbegriff des byzantinischen Hoflebens mit seinem Etikettewesen am besten erfassen läßt.

84 hell.
95 cts.
42 kop.

20 Otto von Guericke über die Luftpumpe und den Luftdruck. Aus dem dritten Buch der Magdeburgischen Versuche neu übersetzt und mit einer Einleitung versehen von Dr. Willy Bein 96 Seiten mit 9 Abbildungen

M. —.70

Guericke hat seine große Erfindung in einem 1672 in lateinischer Sprache erschienenen umfangreichen Werke niedergelegt. Aus diesem ist hier das wichtigste Buch, das dritte, in seinen wesentlichen Teilen übersetzt und mit Erläuterungen versehen herausgegeben.

1 Kr. 8 hell.
1 Fr. 20 cts.
54 kop.

21 Thomas Platter. Ein Lebensbild aus dem Jahrhundert der Reformation. Herausgeg. von Horst Kohl 113 S.

M. —.90

Die Aufzeichnungen des Schweizers Thomas Platter geben durch den Reichtum ihrer Schilderungen aus dem Leben der Bauern und Bürger, der Bacchanten und Schulmeister, der Handwerker und Gelehrten ein überaus anschauliches Sittenbild aus der Reformationszeit.

1 Kr. 8 hell.
1 Fr. 20 cts.
54 kop.

22 Die Begründung des Deutschen Reiches in Briefen und Berichten der führenden Männer. Herausgegeben von Horst Kohl 114 Seiten

M. —.90

Denkschriften, Berichte und Briefe des Kaisers, des Kronprinzen, der Könige von Bayern und Sachsen, des Großherzogs von Baden, des Herzogs von Gotha, der Minister v. Bismarck, Bray, Jolly, v. Mittnacht, Stichling u. a.

1 Kr. 44 hell.
1 Fr. 60 cts.
72 kop.

23 Die Grundzüge der gotischen Baukunst. Von Dr. Johannes Schinnerer. 96 S. mit 67 Abbildungen.

M. 1.20

Klare, gemeinverständliche Darstellung des Wesens der Gotik auf Grund quellenmäßiger Abbildungen.

1 Kr. 20 hell.
1 Fr. 35 cts.
60 kop.

24 Preußisches Soldatenleben in der Friderizianischen Zeit. Herausgegeben u. eingeleitet von Dr. phil. Raimund Steinert. 117 Seiten

M. 1.—

Inhalt: Gemälde der preußischen Armee vor und in dem Siebenjährigen Kriege von J. W. v. Archenholz; Abenteuer des armen Mannes im Toggenburg; Aus Friedrichs Freiherrn von der Trenck merkwürdiger

Lebensgeschichte; Aus Karl Friedrich von Klödens Jugenderinnerungen;
Aus Laukhards Leben und Schicksalen.

> 1 Kr. 44 hell.
> 1 Fr. 60 cts.
> 72 kop.

25 **Albrecht Dürers Briefe, Tagebücher und Reime.**
Herausgegeben von Dr. H a n s W o l f f 122 Seiten mit 12
Abbildungen nach Werken Dürers.

M. **1.20**

Abgesehen von den kunsttheoretischen Schriften eine vollständige
Ausgabe des Dürerschen schriftlichen Nachlasses, der sowohl wegen der
Person Dürers, als auch wegen der kulturgeschichtlichen Schilderungen
von größtem Wert ist.

> 2 Kr. 16 hell.
> 2 Fr. 40 cts.
> 1 R. 08 kop.

26 **Der Feldzug von 1812.** Denkwürdigkeiten eines
württembergischen Offiziers. Herausgegeben von H o r s t
K o h l. 246 Seiten

M. **1.80**

Wohl die erschütterndste Schilderung des Schicksals der „Großen Armee"
Napoleons in Rußland auf Hin- und Rückmarsch, mit guten Übersichten des
Kriegsverlaufes.

> 84 hell.
> 95 cts.
> 42 kop.

27 **Der belg. Aufruhr unter der Regierung Josephs II.**
(1789–1790). Aus G e o r g F o r s t e r s „A n s i c h t e n
v o m N i e d e r r h e i n". Herausgegeben und mit

Einleitung und Anmerkungen versehen von Dr. G e o r g
L o r e n z. 76 Seiten.

M. —.70

Der belgische Aufruhr bildet ein Vorspiel der französischen Revolution; nur
ist es keine demokratische Auflehnung, sondern eine des Adels und der
Geistlichkeit gegen die Reformen Josephs II.

1 Kr. 08 hell.
1 Fr. 20 cts.
54 kop.

28 **Der diluviale Mensch und seine Zeitgenossen aus
dem Tierreiche.** Von Dr. K a r l   H e r m a n n   J a c o b. 80
Seiten mit 3 Kartenskizzen u. 47 Abbildungen.

M. —.90

Entwicklungsgeschichte der Erde, Urmensch, Tierwelt der Eiszeiten, die
ältesten Menschenrassen, der Diluvialmensch — in quellenmäßigen
Abbildungen mit verbindendem und erläuterndem Text.

1 Kr. 08 hell.
1 Fr. 20 cts.
54 kop.

29 **Erinnerungen aus den Jahren 1813 und 1814.** Von
K a r l   v o n   R a u m e r. Herausgegeben und eingeleitet von
K a r l   L i n n e b a c h. 106 Seiten.

M. —.90

Raumer, seit 1811 Professor in Breslau, zog 1813 freiwillig als Offizier mit in
den Freiheitskampf, machte den Feldzug mit, zum Teil im Blücherschen
Hauptquartier, und schilderte seine Erlebnisse in seiner Selbstbiographie, aus
der sie hier entnommen sind.

1 Kr. 08 hell.
1 Fr. 20 cts.
54 kop.

30 Die Entdeckung der Krankheitserreger. Herausgegeben von Professor Dr. J. G r o b e r. 118 Seiten

M. —.90

Berichte über die Pest, von Thukydides an, und die Nachrichten über die allmähliche Entdeckung der Krankheitserreger (Bakterien) überhaupt, bis zu Robert Koch.

84 hell.
95 cts.
42 kop.

31 Geographie des Erdkreises. Von P o m p o n i u s M e l a. Aus dem Lateinischen übersetzt und erläutert von Dr. H a n s P h i l i p p Assistent des Seminars für historische Geographie in Berlin. Zweiter Teil: Ozeanländer. 66 Seiten. Mit 2 Abbildungen

M. —.70

Teil I. Mittelmeerländer: Band 11.

72 hell.
80 cts.
36 kop.

32 Aus der Entdeckungsgeschichte der lebendigen Substanz. Herausgegeben von Dr. G o t t f r i e d B r ü c k n e r. 64 Seiten mit 18 Abbildungen und 3 Bildnissen.

M. —.60

Die Entwicklung der Zellenlehre in Darstellungen von R. Hooke, Bonaventura Corti, L. C. Treviranus, R. Brown, J. Schleiden, Th. Schwann, H. Mohl, C. Nägeli, M. Schultze, E. Brücke.

84 hell.

95 cts.

42 kop.

33 Aus deutschen Rechtsbüchern (Sachsenspiegel, Schwabenspiegel, Kleines Kaiserrecht, Ruprecht von Freysing). Herausgegeben von Dr. H a n s F e h r, Professor an der Universität Halle. 88 Seiten mit 4 Abbildungen.

M. —.70

A u s   d e m   I n h a l t Weltliches und geistliches Recht, Lehnrecht, Königtum, Richter, Schöffen, Gottesurteile, Strafen, Schutz der Frauen und Kinder, Stellung der Juden, die Tiere im Recht.

1 Kr. 20 hell.

1 Fr. 25 cts.

60 kop.

34 Der Kampf Heinrichs IV. und Gregors VII. Herausgegeben von Dr. F r i tz S c h i l l m a n n. 118 Seiten.

M. **1.**—

A u s   d e m   I n h a l t Grundsätze Gregors. Ausbruch des Kampfes. Bannfluch gegen Heinrich. Die deutschen Fürsten. Canossa. Herzog Rudolf Gegenkönig. Die zweite Bannung Heinrichs usw.

1 Kr. 20 hell.

1 Fr. 55 cts.

60 kop.

35 Lebenserinnerungen des Generals Dumouriez. Aus dem Französischen übersetzt und erläutert von Dr. K a r l F r i tz s c h e. 144 Seiten

M. **1.**—

Die Denkwürdigkeiten betreffen die Zeit des Nationalkonvents vor dem Beginn der Schreckensherrschaft, den Zustand der Revolutionsheere, die Stimmung und Behandlung der eroberten Gebiete, die Finanzlage, die

Verhältnisse im Ministerium, die Tätigkeit der Kommissare, die jakobinische
Parteipolitik usw.

84 hell.
95 cts.
42 kop.

36 Deutsche Lutherbriefe. Ausgewählt und erläutert von
Lic. Dr. H a n s P r e u ß 88 Seiten

M. —.70

Fünfzig der deutschen Briefe, aus denen Luthers Eigenart möglichst allseitig
zu erkennen ist.

1 Kr. 08 hell.
1 Fr. 20 cts.
54 kop.

37 Wie Deutsch-Ostafrika entstand. Von Dr. C a r l
P e t e r s 107 Seiten mit dem Bildnis des Verf. und 1 Karte

M. —.90

Der Schöpfer der deutsch-ostafrikanischen Kolonie erzählt auf sichersten
Unterlagen, wie sich die Gründung der Kolonie von 1884 bis 1890 vollzog.

1 Kr. 56 hell.
1 Fr. 75 cts.
78 kop.

38 Ein deutscher Bürger des sechzehnten Jahrhunderts.
Selbstschilderung des Stralsunder Bürgermeisters
B a r t h o l o m ä u s S a s t r o w. Herausgegeb. v. H o r s t
K o h l. 177 Seiten

M. 1.30

Überaus anschauliche Schilderung von Ereignissen und Persönlichkeiten
des Reformationszeitalters mit Reisebildern aus Italien, Deutschland und den

Niederlanden von reichem kulturgeschichtlichen Gehalt.

96 hell.
1 Fr. 10 cts.
48 kop.

39 Im Kampf um das Weltsystem (Kopernikus und Galilei). Herausgegeben von Professor A d o l f K i s t n e r in Wertheim a. M. 98 Seiten mit 3 Abbildungen

M. —.80

Auswahl aus den Werken von Ptolemäus, Kopernikus und Kepler unter grundsätzlicher Ausschaltung von mathematischen Betrachtungen u. dergl.

96 hell.
1 Fr. 10 cts.
48 kop.

40 Die hugenottischen Märtyrer von Lyon und Johannes Calvin. Berichte und Briefe übersetzt von R u d o l f S c h w a r z, Pfarrer in Basadingen. 96 Seiten

M. —.80

Ein Ketzerprozeß 1552–1553, der weit über die Grenzen Frankreichs das größte Aufsehen erregt hat und als typisch für die Zeit der „Feuerkammer" (des Pariser Parlaments) gelten kann.

96 hell.
1 Fr. 10 cts.
48 kop.

41 Der Kraftwagen, sein Wesen und Werden. Von Dr. A l b e r t N e u b u r g e r. Mit 77 Abbildungen

M. —.80

Enthält die Typen des Kraftwagens, von dem Segelwagen Stevins (1548–1620) an bis zum heutigen Auto, mit erläuterndem Text.

96 hell.
1 Fr. 10 cts.
48 kop.

42 **Lutherbildnisse.** Historisch-kritisch gesichtet und erläutert von Lic. th. Dr. ph. H a n s P r e u ß 60 S. Text m. 36 Bildn.

M. —.80

Wir haben bereits Sammlungen von Bildnissen Goethes, R. Wagners und Bismarcks. Das vorliegende Heft will diese Lücke für Luther schließen.

96 hell.
1 Fr. 10 cts.
48 kop.

43 **Die erste Entdeckung Amerikas im Jahre 1000 n. Chr.** Herausgegeben von Dr. G u s t a v N e c k e l, Professor an der Universität Heidelberg. 92 Seiten mit 4 Abbildungen

M. —.80

500 Jahre vor Columbus haben Europäer die Ostküste Nordamerikas betreten. Dies Büchlein gibt in getreuer Übersetzung die Quellen.

72 hell.
80 cts.
36 kop.

44 **Gottesurteile.** Von Dr. jur. H e i n r . G l i t s c h Privatdozent in Leipzig. 63 Seiten mit 7 Abbildungen

M. —.60

Aus dem Inhalt: Feuerprobe, Wasserprobe, Probe des geweihten Bissens, Abendmahlsprobe, Bahrrecht, Rotwasserordal der Neger, Bitterwasserordal der Juden, Zweikampf zwischen Mann und Weib, Kreuzprobe.

1 Kr. 20 hell.

1 Fr. 35 cts.
60 kop.

45 **Die Entdeckung des Generationswechsels in der Tierwelt.** Herausgegeben, mit einer Einleitung sowie mit erläuternden Anmerkungen versehen, von Prof. Dr. F r i e d r . K l e n g e l in Leipzig. 116 S. mit 6 Tafeln und 42 Textabbildungen.

M. **1.**—

Quellenstücke aus den Werken von Ad. v. Chamisso, J. F. Meyen, F. Eschricht, J. J. Steenstrup, M. Sars, Rud. Leuckart.

96 hell.
1 Fr. 10 cts.
48 kop.

46 **Blüchers Zug von Auerstedt bis Ratkau u. Lübecks Schreckenstage (1806).** Quellenberichte, zusammengestellt von H o r s t   K o h l 100 Seiten mit 3 Karten

M. —.80

Quellen, zum Teil vorher noch ungedruckte, über den berühmten Rückzug Blüchers, die Kämpfe in den Straßen Lübecks und das Benehmen der Franzosen als Sieger in deutschen Landen.

1 Kr. 20 hell.
1 Fr. 35 cts.
60 kop.

47 **Ein kriegerischer Kaufmannszug durch Mexiko.** Aus den hinterlassenen Papieren des Vizekonsuls für Mexiko H .   W i l m a n n s. 98 Seiten mit 1 Karte

M. **1.**—

Ein Buch vom Wagemut eines deutschen Kaufmanns während der Revolution in Mexiko 1871.

1 Kr. 44 hell.
1 Fr. 60 cts.
72 kop.

48 **Ulrich von Richentals Chronik des Konzils zu Konstanz 1414–1418.** Herausgegeben von Dr. O t t o H . B r a n d t. 144 Seiten mit 18 Bildern nach der Aulendorfer Handschrift

M. **1.20**

Ulrich v. Richental, ein hochgebildeter Bürger von Konstanz, hat aus eigener Anschauung das miterlebte Konstanzer Konzil geschildert und hat sein Buch von guten Künstlern mit vielen und genauen Zeichnungen versehen lassen.

1 Kr. 44 hell.
1 Fr. 60 cts.
72 kop.

49 **Geschichte der Dampfmaschine bis James Watt.** Die wichtigsten der auf die Entwicklung der Dampfmaschine bezüglichen Quellen, von M a x G e i t e l, Geheimem Regierungsrat im Kaiserlichen Patentamt. 133 Seiten mit 32 Abbildungen nach den alten Originalen

M. **1.20**

Eine quellenmäßige, durch sichere Abbildungen unterstützte Darstellung der Entwicklung der Dampfmaschine von den ältesten Zeiten bis Papin und Watt.

96 hell.
1 Fr. 10 cts.
48 kop.

50 **Fehrbellin.** Nach Berichten und Briefen der führenden Männer. Herausgegeben von M e l l e K l i n k e n b o r g 84

S. mit 1 Karte

M. —.80

Erläutert die Politik des großen Kurfürsten gegenüber den Schweden, die Einnahme Rathenows und die Schlacht bei Fehrbellin an gleichzeitigen, zum Teil bisher ungedruckten Schriftstücken.

1 Kr. 20 hell.
1 Fr. 35 cts.
60 kop.

51 **Deutschlands Einigungskriege 1864–1871** in Briefen und Berichten der führenden Männer. Herausgegeben von H o r s t   K o h l Dritter Teil. Der Deutsch-französische Krieg 1870/71. II. Abteilung. D i e   B e l a g e r u n g   v o n   M e t z. 124 Seiten mit 1 Karte.

M. 1.—

Vgl. die Bemerkungen zu Band 9, 10 und 16.

1 Kr. 20 hell.
1 Fr. 35 cts.
60 kop.

52 **Antike Quellen zur Geschichte der Germanen.** Zusammengestellt, übersetzt und erläutert von Dr. C u r t W o y t e. Zweiter Teil: Von den Kämpfen Cäsars bis zur Schlacht im Teutoburger Walde. 120 Seiten

M. 1.—

Vgl. die Bemerkung zu Band 15.

1 Kr. 20 hell.
1 Fr. 35 cts.
60 kop.

53 **Die Frühlingszeit des deutschen Volksturnens.** Nach

den Quellen zusammengestellt von Dr. K a r l C o t t a 110
Seiten mit 2 Abbildungen

M. 1.—

Gründung, Entwicklung und Ausbreitung des Turnens durch Jahn und seine
Mitarbeiter.

1 Kr. 44 hell.
1 Fr. 60 cts.
72 kop.

54 Der **Untergang des alten Preußen** (Jena und
Auerstedt). Quellenberichte, zusammengestellt von H o r s t
K o h l. 142 Seiten mit 3 Karten

M. 1.20

Proklamationen, Operationsplan Scharnhorsts, Berichte und Briefe
Napoleons, des preußischen Königs, Scharnhorsts, Blüchers, Gneisenaus
usw.

Umrechnung der Mark-Preise in die im österr.-ungar.,
schweizer. u. deutsch-russ. Buchhandel übl. Sätze am
Rande. England u. Kolonien 1 Mark = 1 Schilling mit
ortsübl. Zuschlägen.

D e m n ä c h s t w e r d e n e r s c h e i n e n :

Prokopios, Der Gotenkrieg. Herausgegeben von Dr.
A l b r e c h t K e l l e r in Wiesbaden.

**Auswahl von Briefen der Herzogin Elisabeth Charlotte
von Orleans (Liselotte).** Herausgegeb. von Dr.
H e r m a n n B r ä u n i n g - O k t a v i o in Leipzig.

Aus den italienischen Unabhängigkeitskriegen 1848–1866.
Berichte und Briefe der Führer und Teilnehmer.
Herausgegeben von Geh. Archivrat D. Dr. W a l t e r
F r i e d e n s b u r g in Stettin.

Lebenserinnerungen des Dr. med. C. H. A. Pagenstecher. 3

Bändchen. 1. Student und Burschenschafter in Heidelberg. 2. Vom ersten deutschen Parlament in der Paulskirche zu Frankfurt. 3. Die Revolutionszeit 1849 in den Rheinlanden.

Felix Platter. Jugenderinnerungen eines deutschen Arztes im 16. Jahrhundert. Herausgegeben von H o r s t K o h l.

Die ersten Anfänge der Protistenkunde. Von Dr. K u r t N ä g l e r, Wiss. Hilfsarbeiter im Kgl. Institut für Infektionskrankheiten in Berlin.

H. v. Treitschke, Der preußische Zollverein. Herausgegeben von H o r s t K o h l

Erlasse und Briefe des Königs Friedrich Wilhelm I. von Preußen. Herausgegeben von W i l h e l m M o r i t z P a n t e n i u s in Marburg.

Antike Quellen zur Geschichte der Germanen. Von Dr. C u r t W o y t e Dritter Teil: Von den Kämpfen des Germanikus bis zum Aufstand der Bataver. (Teil I s. Bd. 15, Teil II Bd. 52)

Voigtländers Quellenbücher

Leitgedanken

In steigendem Maße macht sich auf allen Gebieten des Wissens das Bedürfnis geltend, **unmittelbar aus den Quellen** zu schöpfen. Und zwar besteht dieses Bedürfnis nicht nur im **ernsten Fachstudium,** sondern auch im **Unterrichtsbetrieb von Schulen aller Art** und für die vielen, die **Befriedigung ihres Wissenstriebes** oder auch nur eine **gediegene Unterhaltung** suchen.

Nun ist es für die meisten gar nicht leicht, zu den **Quellen** zu gelangen. Quellenwerke sind schwer zugänglich, umfangreich, teuer, zum Teil in fremder Sprache oder in veraltetem, der Erklärung bedürftigem Deutsch geschrieben. Zwar sind manche Quellen literarisch neu erschlossen worden, aber meist nur zu wissenschaftlichen Zwecken und zu Preisen, welche die allgemeine Verbreitung verhindern. **Wohlfeile** Quellenbücher als **volkstümliches Gemeingut** und doch in **wissenschaftlich-kritischer Bearbeitung** gibt es noch kaum.

In diese Lücke treten Voigtländers „Quellenbücher" ein.

Einige B e i s p i e l e werden ihr Wesen am besten e r l ä u t e r n.

Jeder weiß, daß von den Kreuzzügen an bis ins späte Mittelalter hinein unzählige Pilger ins Heilige Land fuhren. Die „Quellenbücher" aber bringen eine einzelne **Pilgerreise,** die des Ritters **Konrad Grünemberg**, von ihm selbst erzählt; die Übertragung in ein heute ohne weiteres verständliches Deutsch wahrt getreu den Ton, und die Beigabe von 24 der schönen und genauen Handzeichnungen Grünembergs erhöht den Wert. Welche Fülle der Kenntnisse, der Bilder, des Humors, der überraschendsten Vergleichspunkte mit unserer Gegenwart — die Organisation jener Reisen in der Art unserer Gesellschaftsreisen (nur nicht so bequem und gefahrlos!), die Fremdenindustrie im Heiligen Lande und dergleichen. Wenn man so auch nur eine einzige solche Reise miterlebt, ist diese dennoch typisch für ihre Zeit.

Jeder weiß von **Byzanz** und spricht von **Byzantinismus**. Die „Quellenbücher" lassen den Leser das **byzantinische Hofleben** aus den dafür bezeichnenden **Quellen** selbst kennen lernen.

Jeder weiß, daß in den Jahren 1835 und 1839 die **Eisenbahnen Nürnberg-Fürth** und **Leipzig-Dresden** eröffnet worden sind. Aber unter welchen Zweifeln und Sorgen sie zustande kamen, und wie das große Kulturereignis von der Mitwelt aufgefaßt wurde, das erlebt man urkundgetreu in den „Quellenbüchern".

Jeder weiß, wie gewaltsam das **römische Juristenrecht** das alte **deutsche Volksrecht** verdrängt hat. Wie deutsches Recht vor seiner Überwältigung durch römisches aussah, das erfährt man in den „Quellenbüchern" in dem Bändchen **„Deutsches Bauernrecht"** u. a.

Statt des Abgeleiteten also die **Quelle**, statt des Begriffes die **Anschauung**, statt einer Information von dritter Seite **eigenes** Gewinnen und so tieferer Gewinn; statt der auf breiter Oberfläche erscheinenden Kenntnisse und Begriffe ein Hinabsteigen an **wenigen, aber bezeichnenden** Punkten in den Schacht der Quellen und in neu gewonnene Tiefen.

Das alles einerseits auf der Grundlage **strenger kritischer Auswahl und Erläuterung,** getroffen und geboten von **Fachmännern** und vom **neuesten Standpunkte der betreffenden Forschung** aus; das alles andererseits in einer Auswahl und in einer Form, die die Lektüre **für jeden zu einer angenehmen Unterhaltung macht.**

Grundsätzlich sucht die Sammlung nur wirkliche **Quellen** zu bringen: **Urkunden, Literatur-Denkmäler** oder **Monumente.** Sache der Herausgeber aber war es und wird es sein, das Wichtige und Bezeichnende auszuwählen, es durch Einleitungen, Überleitungen, Anmerkungen usw. ins rechte Licht zu setzen und verständlich zu machen, denn das Lesen von Quellen setzt Vorarbeit voraus, die der Herausgeber dem Leser abzunehmen hat. — Zuweilen muß aber auch die **quellenmäßige Darstellung** an Stelle der Quellen treten, nämlich wenn diese so zerstreut oder trocken sind (z. B. Stadtrechnungen), daß sie im Original wenig genießbar sind. — Bestehen die Quellen gar aus „Monumenten", besitzen wir also nur bildliche Überlieferungen, Fundstücke oder Bauten, die mehr oder minder erhalten noch heute vor unseren Augen stehen, dann nehmen die „Quellenbücher" das **Bild** zur Grundlage und erläutern es durch den beigegebenen Text, auch wenn dieser der Form nach den eigentlichen Aufbau bildet.

Inhaltlich erstreckt sich das Unternehmen auf alle nur möglichen Gebiete und Stoffe, auf welche die geschilderten Formen der Darbietung anwendbar sind, namentlich auch auf die Naturwissenschaften.

Die Sammlung ist für **jedermann** bestimmt. Es gibt für jeden, er mag noch so hochgebildet sein, Wissensgebiete, in denen er entweder keine oder nur allgemeine und abgeleitete Kenntnisse hat und daher für eine unmittelbare Aufschließung klar und rein fließender Quellen empfänglich ist. Auf diese Weise wird es möglich, die Bedürfnisse verschiedenster Bildung und Lebensstellung und verschiedenen Alters zu befriedigen, auch die der Schule. Es kann keinen großen Unterschied machen, ob der Leser eines solchen Quellenbüchleins ein junger einfacher Mensch oder ein gereifter, in anderen Fächern tief durchgebildeter ist. Aber auch dem **Fachmann** werden so wohlfeile und dabei zuverlässige urkundliche Darbietungen aus dem eigenen Wissensgebiete gute Dienste tun.

Daß die Bearbeitung der einzelnen Bändchen sicheren Händen anvertraut worden ist, wird eine Durchsicht des Titelverzeichnisses ergeben.

Erlebtes und Erschautes

Eine Memoirensammlung.

Im Anschluß an „Voigtländers Quellenbücher" sei auf die verwandte, von der **Freien Lehrervereinigung für Kunstpflege in Berlin** herausgegebene Sammlung **„Erlebtes und Erschautes"** hingewiesen: Werke berühmter Entdecker und Erforscher, Berichte aus vergangenen Kriegszeiten, Erinnerungen namhafter Persönlichkeiten. Die Ausgaben sind gekürzt, da die Herausgeber nur das wirklich Wichtige bieten wollen. Die Bearbeitungen, geschmackvoll durchgeführt, machen die Bücher auch für unsere Jugend brauchbar, die die Heldentaten vergangener Zeiten gern in Begeisterung nacherlebt.

1 **Im Reiche der Azteken.** Die Eroberung Mexikos durch Ferdinand Cortez Nach den Berichten des Eroberers bearbeitet von P. Schneider. VII, 206 Seiten. 11 Abbildungen.

2 **Aus dem großen Krieg.** Schilderungen und Berichte von Augenzeugen. Ausgewählt und bearbeitet von Gerhard Krügel VIII, 198 Seiten.

3 **Durch das tropische Südamerika.** Aus Alexander von Humboldts Berichten über seine Reise in die Äquinoktial-Gegenden des neuen Kontinents. Bearbeitet von Wilh. F. Burr IV, 261 Seiten. Mit 10 Abbildungen.

4 **Aus deutscher Ritterzeit.** Götz von Berlichingen. Hans von Schweinichen. Eigene Berichte ihres Lebens und ihrer Taten. Die Herren von Zimmern. Bearbeitet von Franz Elzin III, 211 Seiten.

Mit 23 Abbildungen.

5 **Auf unbekannten Meeren.** J a m e s   C o o k s Tagebuch seiner dritten Entdeckungsfahrt in die Südsee und das Nördliche Eismeer. Ausgewählt von P .   S c h n e i d e r. III, 235 Seiten. Mit 13 Abbildungen.

6 **Vor sechshundert Jahren im Reiche der Mitte.** Marco Polos Berichte über seine Reise nach China und seinen Aufenthalt am Hofe des Großkhans der Mongolen. Bearbeitet von C a r l   M e y e r - F r o m m h o l d. 192 Seiten. Mit 10 Abbildungen.

7 **Aus dem Leben eines Wandervogels.** Johann Gottfried Seumes Leben und Wanderungen von ihm selbst erzählt. Ausgewählt von P a u l   S c h n e i d e r. 255 Seiten. Mit 20 Abbildungen.

8 **Aus der französischen Revolution.** Schilderungen und Berichte von Augenzeugen. Ausgewählt und bearbeitet von W a l t h e r   F r i e d r i c h. 203 Seiten. Mit 12 Abbildungen.

Jeder Band (Kl.-4o) in Pappband und Umschlag von Künstlerhand kostet nur ... M. 1.80, in Leinen M. 2.25

Natur-Urkunden

Was ist eine Natur-Urkunde? Eine unmittelbare, durch keinerlei Zutat, Weglassung, „Verbesserung" oder „Verschönerung" getrübte oder gar gefälschte Abbildung eines Naturgegenstandes. Die Photographie ist dabei das zuverlässigste, ja eigentlich einzige Mittel.

Der Begriff „Natur-Urkunde" ist von C. G. Schillings geprägt und zum Gemeingut geworden, als Schillings seine berühmten Werke „Mit Blitzlicht und Büchse" und „Im Zauber des Eleléscho" erscheinen ließ. R. Voigtländers Verlag hat dann den Gedanken weiter durchgeführt, indem er mit vielen Mühen und großen Kosten eine in ihrer Art einzige Sammlung von vielen Tausend Photographien der europäischen Tierwelt zustande brachte und damit das große Naturgeschichtswerk ins Leben rief: die „Lebensbilder aus der Tierwelt".

Werke von C. G. Schillings

Mit Blitzlicht und Büchse. Beobachtungen und Erlebnisse in der Wildnis inmitten der Tierwelt von Äquatorial-Ostafrika. 4. durchgesehene u. ergänzte Auflage (22.-25. Tausend). 1910. Gr.-8o. 558 Seiten. Mit 302 urkundtreu wiedergegebenen Original-Tag- und Nachtaufnahmen des Verfassers.

Der Zauber des Eleléscho. Neue Beobachtungen u. Erlebnisse in der Wildnis inmitten der Tierwelt von Äquatorial-Ostafrika. (1.-8. Tausend.) 1906. Gr.-8o. 496 Seiten. Mit 318 Abbildungen, meist photographischen Original-Tag- und Nachtaufnahmen des Verfassers, urkundtreu in Autotypie wiedergegeben.

Jedes Buch M. 12.50, in Ganzleinenband

Mit Blitzlicht und Büchse im Zauber des Eleléscho. Kleine Ausgabe der beiden großen Werke. 5. bis 7. Aufl. (21.-35. Tausend.) 1911. Gr.-8o. 384 Seiten. 64 Einschalttafeln mit 83 photographischen Original-Tag- und Nachtaufnahmen des Verfassers. M. 5.—, in Ganzleinwandband

M. 6.50

Lebensbilder aus der Tierwelt. Naturgeschichte europ. Säugetiere und Vögel. Herausgegeben von H. Meerwarth und K. Soffel. Das Werk ist 1909–1912 erschienen, jetzt abgeschlossen und umfaßt: Erste Reihe: Säugetiere. 3 Bände. Zweite Reihe: Vögel. 3 Bände. Sechs Bände mit zusammen ca. 2800 photographischen Abbildungen lebender Tiere, meist in freier Natur. Jeder Band M. 12.—, in Ganzleinen M. 14.—, in Halbfranz M. 15. —. Alle sechs Bände M. 72.—, in Ganzleinen M. 84.—, in Halbfranz M. 90.—. Jeder Band ist einzeln käuflich; beim Kaufe des Ganzen überall erleichterte Zahlungsbedingungen.

Voigtländers Künstler-Steinzeichnungen

Was ist eine Künstlersteinzeichnung? Ein Bild, das in dem einzigen Vervielfältigungsverfahren hergestellt wird, dessen Ergebnis O r i g i n a l g e m ä l d e n vollständig gleichkommt.

Dies geht so zu: Der Künstler selbst zeichnet nach seinem Entwurfe, der für ihn gleichsam das Konzept bedeutet, Konturen und Farben auf die Steine, d. h. er legt für jeden Ton, den er dem Bilde geben will, eine Platte an und hat so die Möglichkeit, seinem Werke alle die Farbenwerte und Stimmungswerte zu verleihen, die er braucht. Er selbst leitet die ersten Probedrucke und überwacht den Druck; er bestimmt die Farben bis auf den kleinsten Unterton. Er allein, sonst niemand, hat Gewalt über sein Werk.

So wird es möglich, daß jeder Abzug einer Druckauflage zu ganz niedrigem Preise verkauft werden kann und doch das U r b i l d s e l b s t ist. Die Frage, ob das Nachbild dem Vorbilde gleichwertig sei oder nicht, fällt ganz weg: es gibt in der Künstler-Steinzeichnung kein Vorbild, sondern nur ein Urbild, und das ist der in Hunderten oder Tausenden von gleichen Abzügen gefertigte Druck. D a s M i t t e l , d e n K ü n s t l e r s e l b s t u n m i t t e l b a r s p r e c h e n z u l a s s e n , i s t d u r c h d a s V e r f a h r e n d e r e i g e n h ä n d i g e n S t e i n z e i c h n u n g i n d e m S t e i n d r u c k - G e m ä l d e v o l l k o m m e n g e f u n d e n .

Die Künstler-Steinzeichnung ist von der größten Bedeutung für die künstlerische Volkskultur, für Verbreitung guten Geschmackes. Wer sich einmal hineingesehen hat in diese wichtige Art der graphischen Wandkunst, den hat sie gewonnen, er wird sich so leicht nicht wieder zu den früher gewohnten Süßlichkeiten und faden Plattheiten, zu einer gedankenarmen Reproduktions- und Scheinkunst zurückwenden.

Von R. Voigtländers Künstlersteinzeichnungen sind über 200 Blatt erschienen, und zwar

in Größe 100×70 cm M. **6.—**

„ „ 75×55 „ „ **5.—**

in Größe 55×42 cm M. **4.—**

„ „ 41×30 „ „ **2.50**

Außerdem umfaßt der Verlag noch

Farbdruckblätter in den Größen 34×22, 28×22, 22×22 zu M. **1.50, 1.25, 1.—**.

Walther Casparis Märchenbilder in den Größen 46×22, 34×22, 22×22 zu M. **1.75, 1.50, 1.25.**

Gertrud Casparis Kinderfriese. 8 Blatt in der Größe 115×41 cm zu M. **4.50.** Die 6 Blatt: Hochzeitszug, Geburtstagskuchen, Entenliese, Gesegnete Mahlzeit, Gesangverein, Eindringling auch in der Größe 80×30 cm zu je M. **2.—**.

Adolph von Menzel, Vier Wandbilder. Vergrößerungen nach Holzschnitten. In Größe 75×55 cm je M. **5.—**.

Ein kleines Heftchen über die Bilder auf Verlangen vom Verlag unberechnet. Der vollständige Prachtkatalag mit farbigen Wiedergaben der sämtlichen Steindrucke kostet 40 Pf. u. ist gegen Einsendung dieses Betrages (auch in Marken aller Länder) von jeder Buchhandlung oder portofrei vom Verlag zu beziehen.

www.ingramcontent.com/pod-product-compliance
Lightning Source LLC
Chambersburg PA
CBHW020811060726
47498CB00017B/2731